현대소설의 공간

정현숙

춘천에서 출생하여 강원대학교 사범대학 국어교육과를 졸업하였다. 이
화여자대학교 대학원 국어국문학과에서 문학 석사와 문학 박사 학위를 받
았다. 현재 한림대학교 아시아문화연구소 연구교수로 있다.

주요저서로『박태원문학연구』『한국현대문학의 문체와 언어』『한국현대
작가연구』(공저)『중국조선족 문학의 어제와 오늘』(공저)『김유정과의 산책』
(공저) 등이 있다.

현대소설의 공간

인쇄 · 2014년 11월 3일 | 발행 · 2014년 11월 8일

지은이 · 정현숙
펴낸이 · 한봉숙
펴낸곳 · 푸른사상사
주간 · 맹문재 | 편집 · 지순이

등록 · 1999년 7월 8일 제2−2876호
주소 · 서울시 중구 충무로 29(초동) 아시아미디어타워 502호
대표전화 · 02) 2268−8706(7) | 팩시밀리 · 02) 2268−8708
이메일 · prun21c@hanmail.net
홈페이지 · http://www.prun21c.com

ⓒ 정현숙, 2014

ISBN 979−11−308−0303−6 93810
값 22,000원

푸른사상 학술총서 27

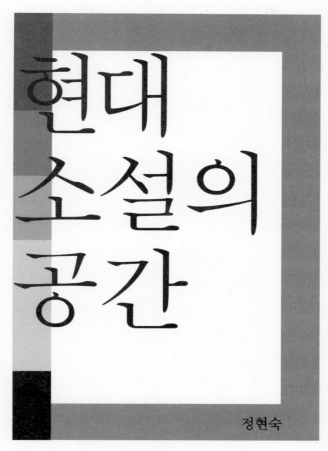

현대
소설의
공간

정현숙

The space of modern novel

푸른사상
PRUNSASANG

 인간은 시간적이며 공간적인 존재이다. 삶의 순간순간들을 구체적
인 시간과 공간 속에서 살아가기 때문이다. 그런데 인간에게 있어서 시
간과 공간은 객관적이기보다는 주관적이다. 물리적인 시간과 심리적인
시간, 외적인 공간과 내적인 공간이 공존하기 때문이다. 따라서 시간과
공간은 별개로 존재하는 것이 아니라 혼재되어 있는 실체이다.

 소설 역시 시간과 공간을 다양한 맥락으로 해석하고 형상화하는 장르
이다. 현대소설에서 공간은 단순히 외적이고 물리적인 배경이 아니라
내적이고 의식적인 공간의 의미가 중시되고 있다. 공간이 물리적인 대
상에 그치는 것이 아니라 인물의 내면세계를 반영하고 주제를 구체화
하는 중요한 요소로 작용하기 때문이다.

 이 책은 주로 현대소설과 공간의 문제에 관심을 갖고 살펴본 글을 모
은 것이다. 제1부에는 「박태원 소설의 서울과 동경」, 「1930년대 서울
과 김유정 소설」 두 편을 실었다. 「박태원 소설의 서울과 동경」은 여러
텍스트들 사이에 반복적으로 등장하는 경성과 동경에 주목한 글이며,

「1930년대 서울과 김유정 소설」은 서울의 도시화를 예민하게 관찰하면서 이를 특유의 반어적 기법으로 담아내는 작가의 독특한 시각에 주목하였다. 제2부는 일제강점기 간도 디아스포라에 주목한 세 편의 글을 실었다. 「안수길 소설에 나타난 재만 조선인의 정착의지」「강경애 소설과 간도에 대한 자의식」「현경준의 〈마음의 금선〉」은 일제 강점기 재만 조선인의 간고한 삶을 담아내고 있다는 공통점이 있으나, 강한 정착의지, 강한 자의식, 탈식민주의 시각 등이 각각 두드러진다는 점에서 서로 다른 작품세계를 지니고 있다. 제3부는 문학사에 주목한 「북한·중국·일본의 한국근대문학사에 대한 인식」「개화기 소설과 양계초 문학」 두 편을 실었다. 「북한·중국·일본의 한국근대문학사에 대한 인식」은 통합문학사 기술을 위한 기초 작업으로 북한, 중국, 일본에서 한국근대문학사를 어떻게 기술하고 있는지를 세밀하게 검토하였고, 「개화기 소설과 양계초 문학」에서는 양계초 문학이 우리나라 개화기 문학에 어떤 영향을 미쳤는지를 살펴보았다.

책으로 묶기 위해 수정하였지만, 여전히 부끄러운 글이다. 부족함은 앞으로 노력하면서 보완하리라 다짐한다. 그동안 도움을 주신 여러 선생님께 감사드리며, 또한 어려운 사정에도 불구하고 출판해주신 한봉숙 사장님께 감사 말씀을 올린다.

2014. 11.
정 현 숙

제1부 서울과 동경

제2부 간도의 공간

제3부 한국문학의 지평

제1부
서울과 동경

··· 박태원 소설에서 경성과 동경은 독립된 별개의 공간이 아니라 빈번하게 동시화(同時化)된다. 인물들은 종종 경성에서 동경을 떠올리고, 또한 동경에서 경성을 회고한다. 경성과 동경의 체험은 상호 참조되고, 이중노출된다.

박태원 소설의 서울과 동경

1. 서론

박태원 소설의 특징 중에 하나는 유사한 주제와 패턴이 반복되는 경우가 빈번하다는 점이다. 「적멸」(1930) 「낙조」(1933) 『반년간』(1933) 「피로-어느 반일(半日)의 기록」(1933), 「소설가 구보 씨의 일일」(1934) 등은 도시 관찰 즉 고현학을 주요 모티프로 하는 소설들이다. 「애욕」(1934), 「보고」(1936), 「이상의 비련」(1936), 「염천」(1938)[1] 「제비」(1939) 등은 박

---

1 이 소설은 주인공 남수가 찻집을 내려고 수차례 경찰서를 들락날락하는 내용이다. 『요양촌』 3권 1938년 10월호에 발표되었으며, 작가 후기에 '그것도 이래저래 한 4년 되나보다. 낙랑, 구석진 탁자를 끼고 차를 마시며, 나는 그냥 머리에 떠오르는 대로 이야기 줄거리를 이상에게 들려준 일이 있었다. 이번에 이 소품을 초하여 문득 그 때 일이 생각난다. 신통치 않은 소품이나마 이러한 의미에서 나는 이것을 죽은 이상에게 주고 싶다'라고 쓰고 있다.

태원의 벗인 이상의 사생활에 대한 소설적 보고이며, 동경에 기거하는 예술가들을 소재로 한 「방란장 주인-「성군」 중에 하나」(1936)와 「성군」(1937)은 연작 형태의 소설이다. 또한 이 소설들은 구보와 주변 예술가들의 일상을 소설화하고 있다는 점에서 상호 관련성을 지닌다. 「특진생」(1935) 「최후의 억만장자」(1937), 「소년 탐정단」(1938)은 탐정소설(동화)이고, 「음우-자화상 제1화」(1940), 「투도-자화상 제2화」(1941) 「채가-자화상 제3화」(1941)로 이어지는 사소설 연작 역시 지극히 사소한 일상의 유사한 모티프가 반복되고 있다. 이 탐정소설과 사소설은 불안과 공포라는 동일한 주제와 알레고리를 내면화하고 있다는 점에서 밀접한 관련성을 지니고 있다.[2] 주목할 것은 이러한 반복과 변형이 월북 전과 후의 작품에까지 이어진다는 점이다. 예컨대 「리순신 장군」(1952), 『리순신 장군이야기』(1955), 『임진조국전쟁』(1960)은 월북 전에 발표한 『이순신 장군』(1948), 『임진왜란』(『서울신문』, 1949.1.3~12.14)과 연계되고, 『계명산천은 밝아오느냐』(1966)와 『갑오농민전쟁』(1977~1986)은 『군상』(『조선일보』, 1949.6.15~1950.2.2)의 연장선상에 놓이며 주요 모티프가 반복되는가 하면, 「춘보」(1946)[3] 「고부민란」(1947), 「어두운 시절」(1947)과도 상관성을 지닌다.

뿐만 아니라 박태원 소설에는 다른 작가 또는 다른 장르와의 상호관련성도 종종 발견된다. 즉 『적멸』(1930)과 「수염」(1930)은 아쿠다가와의

---

2 이에 대한 상세한 논의는 오현숙, 「박태원의 동화 장르 선택과 내부 텍스트성 (intratextuality) 연구」(『구보 박태원 탄생 100주년 기념학술대회 2』 2009), 33~49쪽 참조.
3 이 작품은 『신문학』(1946.8)에 발표되었는데, 이후 「태평성대」(〈경향신문〉 1946.11. 14~12.31)라는 제목으로 다시 발표되었다.

「톱니바퀴(齒車)」(1927)와 「코(鼻)」와 일정한 상관성이 있으며, 「해하의 일야」(1929)는 『사기』나 『초한지』의 모티프를 차용하고 있다.[4] 또한 월북 후 『문학신문』에 연재한 '명인명장전', 즉 「김유신」(1962.5.29~6.1), 「김 생」(1962.6.8), 「연개소문」(1962.6.15) 「박제상」(1962.6.19), 「구진천」(1962.7.6)은 『삼국유사』와 『삼국사기』의 내용을 부분적으로 번역, 차용하는 독특한 방식의 글이다. 이처럼 박태원 소설은 동일한 모티프와 주제들이 지속적으로 반복되거나 다른 작품을 차용하는 경향이 두드러진다.

이러한 반복과 변형은 상호 텍스트성(intertextuality)과 내부 텍스트성(intratextuality)의 개념으로 설명될 수 있다. 주지하는 바와 같이 상호 텍스트성은 줄리아 크리스테바(Julia Kristeva)가 개념 규정한 용어로 텍스트와 텍스트 사이의 영향과 변형을 의미한다. 즉 하나의 의미화 체계에서 다른 의미화 체계로의 변천과 한 체계에서 다른 체계로 변화되거나, 그것들을 교환하고, 치환할 수 있는 의미화 과정 즉 텍스트들의 교차(intersection)와 흡수 변형, 텍스트의 상호 관련성을 강조하는 것이다. 줄리아 크리스테바와 더불어 구조주의 문학이론을 수립한 제라르 주네트(Gérard Genette)는 상호 텍스트의 문학적인 면에 주목하면서 내부 텍스트성(intratextuality)이라는 용어를 개념화하였다. 내부 텍스트성은 문학 텍스트와 문학 텍스트들 사이의 상호 관련성, 특히 작가 자신의 작품과의 연계성을 강조하는 용어이다. 즉 내부 텍스트성은 상호 텍스트성의

---

4 이에 대한 상세한 논의는 이경훈, 「박태원의 소설에 대한 몇 가지 주석」 『제9회 구보학회 정기 학술대회 발표집』 2009, 3~16쪽 참조.

한 양상으로서 자기인용, 자기암시, 반복적인 패턴과 상징처럼 작가가 자신의 작품과의 연계를 나타내기 위해 사용되는 개념이다.[5]

　이 글은 박태원 소설에서 두드러지는 반복과 변형을 내부 텍스트성(intratextuality)의 관점에서 논의하고자 하는 데 목적이 있다. 특히 텍스트들 사이에서 반복적으로 등장하는 동경과 경성의 공간에 주목하고자 한다. 어떤 텍스트들이 서로 관련성을 지니는지, 텍스트들 사이의 의미는 어떻게 변화 또는 내면화되는지, 내부 텍스트성의 요체는 무엇인지 하는 점을 중점적으로 논의하고자 한다. 박태원 소설에 대한 상호 텍스트성과 내부 텍스트성에 주목한 기존 논고들은 작품의 일부를 대상으로 삼고 있지만,[6] 이 글은 논의 대상을 확대하고자 한다. 다만 월북 이후의 작품들은 다른 관점에서 논의되어야 할 필요성이 있기 때문에 본고에서는 다루지 않기로 한다. 동일한 주제와 모티프들이 텍스트들 사이에서 어떻게 내포, 결합, 변형되는가 하는 점에 주목하는 이 논의는 궁극적으로는 작가의식과 작품의 내적 질서를 새롭게 규명하는 작업이 될 것이다.

2. 동경과 경성의 동시화

　박태원 소설의 내부 텍스트성 중에 가장 주목할 점은 동경과 경성이

5　오현숙, 앞의 글, 33~34쪽.

6　이에 대한 주요 연구는 이경훈과 오현숙의 앞의 논문이 있으며, 이경훈은 「수염」과 「적멸」을, 오현숙은 「소년탐정단」을 주요 논의 대상으로 삼고 있다.

　　　　　　　　　　　　　　　　　　　　　현대소설의 공간

라는 도시공간이다. 서울 토박이 박태원은 1929년 제일고보를 졸업하고 스물한 살이 되던 1930년 가을에 일본으로 떠난다. 당시 그는 박태원(泊太苑)과 몽보(夢甫)라는 필명으로 시와 평론들을 발표하면서 문단에 이름을 알리기 시작하던 때이다. 그는 동경에 있는 법정대학 예과에 입학하여 유학 생활을 시작하였는데, 1년 동안 주로 영어 공부에 몰두한 것으로 보인다.[7] 박태원은 동경으로 건너간 이듬해 대학을 중퇴하고 일본에 머물다가 귀국하였으며, 이후 본격적인 작품 활동을 전개하면서 대표적인 모더니즘 작가로 평가받기 시작한다. 이상은 1936년 10월 하순에 동경으로 건너갔고, 김기림은 같은 해 4월에 일본으로 떠난 것과 비교하면 박태원은 이들보다 6년이나 빠른 시기에 일본 유학을 다녀온 것이다.[8] 이상과 김기림이 모더니스트로서 활발하게 활동하던 중, 일종의 탈출구로 동경을 선택하였다면, 박태원은 본격적인 작가의 길로 들어서면서 동경으로 건너간 것이다. 박태원이 동경에서 돌아온 직후 '구인회'에 합류하여 1930년대 모더니즘 문학 전개에 핵심적인 역할을 담당하였다면, 이상과 김기림은 '구인회'가 사실상 해체한 이후에 일본행을 선택하였다.

　요컨대 박태원에게 있어서 동경 체험은 본격적인 창작 활동에 결정적

7　법정대학 학적부에 의하면 박태원은 소화 5년(1930년) 4월 4일 입학하였으며, 제1 외국어로 영어, 제2 외국어는 불란서어를 선택한 것으로 되어 있다. 성적표를 보면 1학년에 수강한 과목은 수신, 영어(1-5), 불란서어(1-2), 국어, 작문, 한문, 역사, 법통, 자연과학, 수학 체조 등 총 16과목이다. 이 중 박태원은 영어 다섯 과목과 국어, 한문은 갑(甲)을 받았으나, 수신, 불란서어, 역사 등은 병(丙)이고, 법통은 정(丁)으로 평균 을(乙)의 성적을 받았다.〈법정대학 학적부 참조〉

8　사노마사토, 「이상의 동경 체험 고찰」, 『한국현대문학연구』 제7집, 1999, 185쪽.

인 요인으로 작용하였으며, 이후 여러 텍스트에 내면화되어 있다. 『반년간』 「사흘 굶은 봄달」 「딱한 사람들」 「적멸」 「소설가 구보 씨의 일일」 「피로」 「낙조」 「향수」 「방란장주인」 「성군」 등이 그것이다. 그의 소설에는 동경과 경성의 도시 곳곳을 세밀하게 관찰하면서 보고하는 인물들이 반복적으로 등장한다. 카페, 영화관, 공원, 백화점, 당구장, 기차역, 거리, 고층건물 등 근대 도시 공간에 대한 각별한 관심은 박태원 소설의 핵심이다. 특히 고현학이라는 박태원의 독특한 창작기법은 일본 체험과 밀접한 관련성이 있다. 박태원에게 있어서 동경은 단순한 지리적 공간이 아니라 제국의 수도라는 텍스트이고, 이는 식민지 수도 경성과 연계되는 식민지 체험 공간이다. 따라서 박태원 소설의 내부 텍스트성 중에 주목할 것은 동경과 경성이라는 텍스트, 즉 도시 공간에 대한 세밀한 관찰이라는 모티프이다. 『반년간』 「사흘 굶은 봄달」 「딱한 사람들」에서는 동경이, 「적멸」 「소설가 구보 씨의 일일」 「피로」 「낙조」에서는 경성이 각각 관찰 대상이 되고 있다.

『반년간』은 박태원 소설의 내부 텍스트성에 있어서 원형에 해당하는 소설이다. 그것은 『반년간』의 동경 체험 즉 도시 곳곳에 대한 관찰, 유학 생활, 연애, 가난한 일상 등은 이후 여러 소설들에서 빈번하게 반복되기 때문이다. 이 소설은 '1930년 10월부터 1931년 3월까지의 '반년간'의 동경 유학 체험을 그대로 반영하고, 삽화도 작가가 직접 그렸다. 작가는 연재에 앞서 "이 소설 속에 동경에서의 우리 몇몇 친구의 생활을 그려볼 것이"[9]라고 밝히고 있는 바와 같이, 소설은 주인공 철수와 최준

---

9 박태원은 『반년간』을 연재하기 전에 '작가의 말'을 통해 다음과 같이 창작 의도를 밝

호, 조숙희, 황인식 등 동경에 머물고 있는 지식인들의 일상을 담고 있다. 이 소설은 주인공 철수가 특별한 용무 없이 거리에 나가 배회하다가 친구를 만나고, 카페와 술집을 전전하면서 여급들과 소일하다가, 저녁 늦게 홀로 귀가하는 과정을 그리고 있는데, 이러한 내용은 박태원 소설에서 자주 반복되는 패턴이다. 특히 「소설가 구보 씨의 일일」에는 『반년간』의 동경 체험이 상당 부분 중첩되어 있으며, 그 중 철수와 여급 미사꼬와의 사랑은 그대로 반복되고 있다.

> 구보의 눈이 갑자기 빛났다. 참 그는 그 뒤 어찌 되었을꼬. 비록 어떠한 종류의 것이든 추억을 갖는다는 것은 사람의 마음을 고요하게, 또 기쁘게 해준다. 동경의 가을이다. 간다(神田) 어느 철물전에서 한 개의 네일클리퍼를 구한 구보는' 짐보오쪼오(神保町) 그가 가끔 드나드는 끽다점을 찾았다 …(중략)… 카페 여급. 벗이 돌아보고 구보의 의견을 청하였다. 어때 예쁘지. 사실. 여자는, 이러한 종류의 계집으로서는 드물게 어여뻤다. 그러나 그는 이 여자보다 좀 더 아름다웠던 것임에 틀림없었다 …(중략)… 역시 좁은 서울이었다. 동경이면, 이러한 때 구보는 우선 은좌(銀座)로라도 갈게다. 사실 그는 여자를 돌아보고, 은좌로 가서 차라도 안 잡수시렵니까. 그렇게 말하고 싶었었다. 그러나, 순간에, 지금 막 보았을 따름인 영화의 한 장면을 생각해

히고 있다. "『반년간』은 동경에 있어서의 '반년간' 입니다. 작자는 이 소설 속에서 동경에서의 우리 몇몇 친구의 생활을 그려보려 합니다. 이 계획을 가진지 이래 삼 년, 이제 기획을 얻어 펜을 들었습니다. 얼마만한 실력을 얻어 써 독자제씨의 기대에 저바리지 않는 바이 있을지는 작자 스스로 한 개의 수수께끼입니만은 작가만은 참신한 노력을 약속하고자 합니다. 1930년 10월부터 1931년 3월까지의 동경의 '반년간' 그러니까 근린군부를 편입하여 이룬 새로운 동경이전 동경이 이 소설의 무대가 될 것입니다."

내고, 구보는 제가 취할 행동에 자신을 가질 수 없었을지도 모른다. …(중략)… 나는 결코 이 사랑을 단념할 수 없노라고, 이 사랑을 위하여는 모든 장애와 싸워가자고, 그렇게 말하고, 그리고 이슬비 내리는 동경 거리에서 두 사람은 무한한 감격에 울었어야함 옳았다 …(중략)… 구보는 대체 무슨 권리를 가져 여자의, 그리고 자기 자신의 감정을 농락하였나. 진정으로 여자를 사랑하였으면서도 자기는 결코 여자를 행복하게 해주지는 못할 게라고, 그 부전감(不全感)이 모든 사람을, 더욱 가엾은 애인을 참말 불행하게 만들어버린 것이 아니었던가. 그 길 위에 깔린 무수한 조약돌을, 힘껏, 차, 해뜨리고, 구보는, 아아, 내가 그릇하였다, 그릇하였다.[10]

이 부분은 구보가 벗을 만나 대창옥에서 설렁탕을 먹고 광화문통을 배회하는 장면인데, 『반년간』에서 철수와 미사꼬와의 연애, 친구들 몰래 영화관에 갔던 사건 등이 중첩되어 있다. 『반년간』에서 철수는 경성에서 온 카페 여급 미사꼬를 사랑하지만 그녀를 온전하게 받아들이지 못하면서 심한 자책감에 괴로워하는 것으로 그려져 있다. 이 모티프는 「소설가 구보 씨의 일일」에서 동경에 대한 추억과 함께 사랑을 지키지 못한 것에 대한 회환으로 그려지며, 특히 밑줄 친 부분에서 보는 바와 같이 현재와 과거, 경성과 동경이 이중노출 기법으로 서술되고 있다. 이 때 경성과 동경은 동시화(同時化)되고, 사실상 박태원의 영화적 소설 기법은 경성과 동경의 체험을 이중노출(over-lap)하면서 시작된 것이다.[11]

---

10 박태원, 『소설가 구보 씨의 일일』, 문학과지성사, 2005, 132~139쪽.
11 이경훈, 앞의 글, 10쪽.

「향수」에서도 경성에 있는 지식인이 동경 유학 시절에 만났던 여급에 대한 추억과 회환이라는 모티프가 반복되고 있다. 주인공 '나'는 벗을 만나 경성의 술집을 전전하다가, 유곽에서 만난 여자로부터 동경에서 사랑했던 옛 애인의 소식을 듣는다. '나'가 동경에서 여자를 만난 장소는 '구보'가 추억하는 장소와 동일한 '간다(神田)'이며, 카페의 '구석진 자리'이다. 「향수」의 '나'도 『반년간』의 철수와 마찬가지로 여급을 사랑하지만 진심으로 받아들이지는 못한다.

이처럼 박태원 소설에는 동경 유학생과 여급과의 사랑, 이별과 그리움, 반성과 성찰 등이 반복적으로 등장한다. 이 때 여급은 식민지를 대상화하는 실체이며, 고독한 주인공의 현실로서 경성의 일상은 동경의 체험과 상호 참조된다. 제국주의의 수도와 식민주의의 수도가 동시화되는 것이다. 구보는 종로 한길 위에서 "역시 좁은 서울이었다. 동경이면, 이러한 때 구보는 우선 은좌(銀座)로라도 갈께다"라고 생각한다. 박태원 소설에서 동경과 경성의 도시 공간은 종종 이중화되며, 주인공의 의식은 그 사이를 왕복한다. 구보와 철수 그리고 '나' 역시 두 개의 도시 공간 어느 쪽에서도 안주할 수 없는 경계선적인 양상을 보여주는 것이다.

무엇보다 『반년간』에서 주목할 것은 카페와 술집을 전전하고, 기차역과 거리를 배회하는 인물들을 통해 1930년대 동경 시내 곳곳이 묘파되고 있다는 점이다. 소설에서는 신숙과 은좌, 호패이야 백화점과 영화관, 카페 오모이데와 모나미, 댄스홀, 당구장, 마작구락부, 명치제과, 도떼공원, 고원사, 신전(神田, 간다)의 헌책방 거리, 법정대학 주변 등 동경의 곳곳이 세밀히 관찰되고 있다. 당시 동경은 빌딩과 상점들이 늘고, 자동차와 기차, 전차 등 새로운 교통 수단이 등장하고, 각종 오락과 소비물들이 넘쳐나는 도시화가 급속도로 진행되는 현장이었다.

　　길을 닦는 요란한 곡괭이 소리, 곡괭이 소리 뒤에 일어나는 아스팔
트 굽는 연기, 그 연기와 함께 새로운 건물, 광대한 건물은 한층, 두
층, 세층, 네층 높게 더 높게 쌓아 올라갔다. 백화점이 생기고, 극장
이 생기고, 요리점, 카페, 음식점, 마찌아이(待合), 댄스홀, 그리고 온
갖 종류의 광대한 점표-양편에 늘어선 그 건물 사이를 전차, 자동
차, 자전거가 끊임없이 다니고, 그리고 그 보다도 무서운, 오—군중
의 대홍수—밤이면 붉게 푸르게 밤 하늘에 반짝이는 찬연한 네온싸
인 문자 그대로의 불야성 아래 비약하는 근대적 불량성—겨우 10년
의 시일을 가지고 이 온갖 근대 도시적 요소를 구비한 '신숙'은 이미
진재 전의 그것이 아니었다. 유곽같은 것쯤으로 대표하기에는 너무
나 복잡하고 너무나 광대하였다. 신숙이 이렇게 고속도로 발전한 것
에는 도시와 근교와 지방의 교류 작용에 힘입음이 많다. 신숙역 안에
한발을 들여놓아 보라. 정확하게 시분의 간격을 두고 도착하는 중앙
선 전차. 멀리 신주(信州) 갑주(甲州) 등지에서 객을 끌어오는 열차.
동경 시외를 순환하는 야마데샌. 그리고 유행가 속에까지 나오는 오
다뀨-(小田原急行) 이리하여 신숙역은 하루 십칠만 명의 승강객을
삼키고 토한다.[12]

　　이는 주인공 철수의 눈에 비친 '신숙'의 풍경이다. '신숙'은 대지진
후, 동경의 변화를 가장 잘 드러낸 상징적인 공간이었다. 대지진 후 동
경은 인구 이동을 가속화시켰으며, 이에 따라 이재민의 교외 이전과 더

12　박태원, 「반년간」 『윤초시의 상경』, 깊은샘, 1980, 340쪽.

불어 교외 주택지의 발전이 두드러졌다. 신숙은 교외와 동경 중심부를 연결하는 터미널로서 이 시기에 급속히 발전하여 은좌에 다음가는 번화가로서의 지위를 굳히고 있었다. 1925년에는 철근 콘크리트 2층 건물의 모던한 신숙역이 신축되고 같은 해 9월에는 전차가 개통되고, 1927년에는 철도가 개통되는 등 거대 터미널이 되었다. 신숙역전 일대는 백화점과 식당, 제과점, 영화관 등이 잇달아 건축되고 특히 신숙 3丁目 부근은 밀집한 카페촌으로 밤이 되면 향락의 거리로 변했다.[13] 철수는 신숙의 이러한 변화를 한마디로 "비약하는 근대적 불량성"이라고 요약하고, "주검과 같이 가혹하고 얼음장같이 싸늘한 도회의 외각에 진저리"를 친다.

철수뿐만 아니라 동경을 배경으로 하는 다른 소설의 인물들도 '근대적 불량성'에 집중적인 관심을 보인다. 「사흘 굶은 봄 달」에서 룸펜 성춘삼이는 '동경 시내 이백 열 군데의 공동변소'와 '기사다가쇼 유치장' 그리고 '가미나리몽'과 '아사꾸사 공원'을 관찰한다. 일을 하고 싶어도 일자리가 없어 거리를 헤매다가 졸지에 '부랑죄'로 유치장에 갇히는 세태, '환락을 구하러 드나드는 사람이 하루에 십 만 명도 넘는' '아사꾸사 공원'의 화려함, '자기들이 술과 계집과 오락을 구하기에 바쁠 때, 같은 공원 안에 여섯 끼니를 굶은 놈이 있다'는 사실조차 알지 못하는 현실도 '비약하는 근대적 불량성'의 한 양상이다. 「딱한 사람들」에서는 직장을 얻으러 나갈 차비조차 없어 하루 종일 방안에서 신문 '고입란(雇入欄)'을 살펴보는 순구와 '오오쯔까(大塚) 공원'의 '우울한 뻰취'에 망연히 앉아

---

13 사노마사토, 앞의 글, 192쪽.

화려한 '분수탑'을 바라보는 진수를 통해 동경에 대한 고현학적 관찰을 수행하고 있다. 순구와 진수를 통해 동경의 경제 상황과 일상, 가난한 조선 지식인들의 행태가 세밀하게 드러난다. 이 소설은 아래 인용문에서 보는 바와 같이 신문광고를 그대로 옮겨 놓는 독특한 창작기법을 통해 동경의 생활상을 자세하고 생생하게 담고 있다.

　　자리 속에 그대로 누운 채 손을 내밀어 신문을 펴 들고 우선 눈을 주는 것은 〈삼행광고〉(三行廣告)의 '고입란'(雇入欄). 언제부터 시작이 되었는지 그것도 이제는 한 개의 습관이다. 活版. 建築. 技術. ラヂ. 旋盤. ミシ. 和服. 和服. 가로 쭉ㅡㄱ, 대강 잇자만 훑어가다가 잠깐 시선을 멈춘 곳이,

> 運轉手 助手募集住込有給卽乘車
> 甲乙臨住込多電四谷一八四三
> 四谷大木戸停留橫 東京運輸手會

　　그러나 그 즉시 '운전수회'에 수수료로 이 원을 지불하고, 아무 운전수에게나 부림을 받고, 동경시중을 밤낮으로 자동차를 달려야만 하고, 단간 방에 다섯 식 아무렇게나 쓸어져 자고, 자다가도 흔들어 깨우면 눈을 부비고 일어나야만 하고, 물론 신문 한 장 볼 시간이란 있을 턱없고, 그리고 일급이 오십 전…[14]

　그런데 박태원 소설에서 주목할 것은 이 '근대적 불량성'이 동경에 국한하지 않고 경성과 연계된다는 점이다. 『반년간』의 철수는 '가구라자

14　박태원, 「딱한 사람들」 『중앙』 11호. 1934.9, 81~82쪽.

까(神樂坂)'의 고개를 올라가면서 "본정통(本町通)을 높게 고개지게 만들어 놓을 때, 그것은 응당이 '가구라자까'를 방불케 하리라. 그러나 이곳은 서울의 본정통보가 좀 더 번화하"[15]다고 생각한다. 또한 「딱한 사람들」의 진수는 굶주림에 지쳐 공원 벤치에 앉아 어린 시절을 회상하고, 「사흘굶은 봄달」의 춘삼이도 번잡한 공원에 앉아 어린 시절을 떠올린다. 이들에게 있어서 동경은 단순히 관찰 대상이 아니라 경성을 환기시키는 공간이다. 이 때 동경과 경성, 과거와 현재는 중첩되고, 제국의 수도와 식민지의 수도가 상호 참조된다. 그것은 식민지의 본격적인 체험이며[16], 식민 자본주의에 대한 비판적 성찰이다.

도시 공간은 단순한 물리적인 환경이 아니라, 정치, 권력의 관계가 긴밀한 관계망을 형성하고 있는 사회적 실체이다. 즉 공간은 사회적 관계와 독립된 물리적 실체로서가 아니라, 사회적으로 존재하는 객체들과의 관계에서, 즉 사회 현상들과의 관계에서 이해되는 '사회적 개념'이다.[17] 당시 경성은 식민자본주의가 다양하게 작용하면서 도시 공간의 구조를 변화시키고 있었다. 특히 고층 빌딩, 철도와 버스, 백화점과 은행, 카페 등 근대적 공간들은 식민지 지배 메커니즘의 기표이며, 사회정치적 관계망들과 내밀하게 얽혀있었다. 경성 곳곳을 관찰하는 박태원 소설의 인물들은 이러한 역학관계를 예민하게 간파하고 있다. 「적멸」 「피로」 「소설가 구보 씨의 일일」 「낙조」 등 경성을 배경으로 하는 소설들은

---

15 박태원, 「반년간」, 앞의 책, 327쪽.

16 이경훈, 앞의글, 10쪽.

17 한국공간환경학회, 『공간의 정치경제학−현대 도시 및 지역 연구』, 아카넷, 2000, 59쪽.

동경의 '근대적 불량성'이 경성 곳곳에 파고드는 현장을 관찰하고 느끼고 보고한다.

「적멸」의 주인공 '나'는 소설 창작에 필요한 자극을 얻기 위해 광교, 종로네거리, 파고다 공원, 본정(本町) 등 경성 시내 곳곳을 돌아다니는 과정을 서술하고 있다. '나'는 거리에 나서자마자 '조선총독부 주최의 조선 박람회'를 구경하러 나온 '수백 명 수천 명'의 군중들 속에 휩쓸린다. 당시 조선박람회는 1929년 9월 12일부터 10월 31일까지 50일간 조선총독부 주최로 경복궁에서 개최되었다. 명분은 조선 고유의 위대한 문화유산과 일제 통치 이후 발전된 조선의 모습을 안팎에 알리는 것이었지만, 실제로는 일제의 통치를 합리화시키고 조선 식민지통치의 성과를 보여주기 위한 것이었다.[18] 일본은 1867년 파리 만국박람회에 최초로 참가한 이후 여러 차례 박람회를 개최하였다. 광업, 야금, 제조, 기계뿐만 아니라, 농업과 원예, 미술에 이르기까지 다양한 분야의 전시품들을 진열하였으며, 이는 식산흥업정책과 밀접하게 결부되어 기술발전과 산업 진흥에 크게 공헌하였다.[19] 조선총독부가 주최한 조선박람회는 대내외적으로 식민자본주의 체제를 공고히 하는 계기를 마련하였다. 볼거리가 없었던 당시에는 박람회가 최고의 구경거리였으며, '시골 마

18 당시로서 천문학적 액수인 5백만 원을 투입한 박람회는 규모가 엄청났고 행사도 다양했다. 사회경제관, 교육·미술·공예관, 교통관, 육해군관, 축산관과 각도의 특징을 자랑하는 특설관 그리고 외국문물을 소개하는 동경관, 만몽관이 설치되었고, 조선과 일본의 기생들이 가무를 했던 연예관 등에 출품된 전시물과 공연은 2만 건을 넘을 정도였다. 『매일신문』. 2007.9.12. 역사 속 오늘, 참조.

19 유모토 고이치, 『図説 明治事物起源事典』(연구공간 수유+너머 동아시아 세미나팀 역, 『일본의 근대풍경』 그린비, 2004, 180~181쪽.

나님과 갓 쓴 이들'까지 경성으로 몰려들었다. 「적멸」의 '나'는 '박람회에 구경나온 무리들' 속에서 빠져나와 본정으로 걸어간다. 당시 본정은 명동 지역으로 경성의 은좌(銀座)라고 불릴 정도로 일본의 자본들이 점차 경성의 상권을 장악하기 시작하던 곳이다. '나'는 본정 거리와 카페를 전전하면서 변화의 와중에 있는 경성 곳곳의 세태를 보고한다.

「소설가 구보 씨의 일일」의 구보는 식민자본에 의해 지배되는 경성 시내를 보다 본격적으로 관찰한다. 구보는 종로에서 남촌으로, 조선 상권의 중심지에서 일본인 상권의 중심지로 향하면서 도시 공간을 면밀히 탐색한다. 구보의 하루 즉 광교에서 시작하여 종로 네거리-화신 백화점-종묘-창경원-대학병원-훈련원-약초정-조선은행-장곡천정-경성부청- 대한문-태평통(太平通)거리-남대문-경성역-대창옥-황토마루 네거리-광화문통-조선호텔-경성 우편국-종로-종각-낙원정 카페에 들렀다가 귀가하는 여정은 경성 곳곳에 편재해 있는 식민자본주의의 메커니즘을 밝혀내고 이를 성찰하는 과정이다. 즉 구보는 경복궁에 조선총독부청사를, 덕수궁 바로 앞에 경성부청사를, 남대문 앞에 경성역 등 근대 건축물을 통해 도시 공간에 대한 지배 체제를 공고히 하는 식민자본주의를 비판적으로 관찰하고 있다. 구보의 도시 관찰은 식민지 수도에 가시적, 비가시적으로 결집되어 있는 식민 권력의 역학 관계를 주변부에서 진원지로 향하면서 섬세하게 확인하는 과정이다.[20]

「낙조」는 매약상 최주사를 통해 경성 구석구석에 깊숙이 자리 잡은

20 이에 대한 상세한 논의는 정현숙, 「1930년대 도시공간과 박태원 소설」, 『현대소설연구』 31집, 2006 참조.

파행적 근대화를 비판적으로 조명하는 소설이다. 최주사도 동경유학생 출신이라는 점에서 철수, 구보와 동일한 인물이고, 이들과 마찬가지로 도시공간의 특유한 경험들을 자신의 안팎에서 포착하는 관찰자의 시선이 강조되고 있다. 다만 최주사는 이들과 달리 도시의 감각적 자극에 대해 강한 거부감을 가지고 있다. 최주사는 늘 '격세지감'을 느끼고 세태에 대한 위화감과 소외의식 그리고 죽음에 대한 관념적 관조가 주조를 이룬다. 그는 신속한 변화에 필연적으로 소멸되는 운명을 대변하는 비극적인 인물이다.

요컨대 동경 시내에 대한 관찰은 '근대적 불량성'에 대한 확인이며, 경성 곳곳에 대한 관찰은 도시 공간의 재편을 통해 식민지 권력을 강화하려는 제국주의의 공간정치경제학을 세밀하게 살펴보고 이를 드러내는 과정이다. 1930년대 모더니즘 소설들은 자본주의를 근간으로 하는 근대적인 삶의 방식을 지향하면서도 그것을 부정하는 양가적 태도를 보여주는 경향이 짙다. 즉 근대적 욕망을 추구하려는 욕구와 근대적 욕망으로 벗어나고자 하는 욕구가 상충하는 사유를 드러낸다. 그러나 박태원 소설은 양가적이고 이중적인 태도보다 식민자본주의에 대한 비판적 성찰이 두드러진다. 그것은 동경과 경성이 동시화되고 상호 참조되는 공간 인식을 통해 구체화된다. 당시는 동경은 자본주의 도시화가 가속화되고, 일본의 독점 자본들이 본격적으로 경성에 진출하기 시작하는 시기였다. 박태원의 시선은 피지배민족으로서 식민정책을 수용해야 하는 조선인의 위치에 비중이 놓여 있는 것이다.

3. 동경과 경성, 교환 가치와 전통적 가치

전술한 바와 같이 박태원 소설의 내부 텍스트성 중에 가장 중요한 것은 도시 공간에 대한 탐색이다. 도시 공간은 자본주의의 지배적 논리와 모순을 투영 혹은 생산해내는 장이며, 인간과 인공물들의 단순한 집합체가 아니라, 문화적 실천, 의식, 행동들이 수직적 수평적으로 구조화된 텍스트로 간주된다. 그것은 도시가 단순히 물리적 자연적인 개념이 아니라 사회적 구조와 관계가 표출되는 역동적 개념이며, 사회의 각 세력들에 의해 구조화되고 문화와 이데올로기를 반영하기 때문이다.[21] 또한 근대 문명과 도시는 산업자본주의 체제와 더불어 발전하였기 때문에 화폐 원리와 합리적 지성이 지배하고 물질적 가치가 정신적 가치보다 상대적으로 우선되는 사회를 만들어 왔다. 때문에 인간의 고유한 질적 가치는 양적인 가치로 환원되고, 이해타산에 따른 도구적 인간관은 심각한 소외와 자기 정체성의 위기를 초래하였다.[22]

주지하는 바와 같이 박태원 소설에는 유난히 상품의 가격이나 숫자로 환산하는 방식이 자주 등장한다. 「반년간」에도 "야끼도리를 열 꼬치씩 먹는 여자' '2원 50전의 자동차 요금' '10원을 다는 좀 못 주겠나' 자기 대(對) 준호, 대(對) 황인식의 우정에는 '십 원 어치'가 있는 듯싶었다", "월급 사십오 원짜리 여점원 자리" "오십 원이라는 숫자에 더 특히 힘을

21 김영순, 「도시공간의 기호학—외시경과 내시경적 관찰」, 철학아카데미, 『공간과 도시의 의미들』, 소명출판, 2004, 242쪽.
22 이수정, 「현대소설의 도시 이미지 양상」, 『한국문학이론과 비평』 제34집, 2007, 346쪽.

주어 말하였다"과 같이 돈과 관련된 묘사가 자주 등장하고, 「딱한 사람들」도 '5-2=3' '일급이 오십 전' "이십 오전짜리 안전면도"나 "다까시마야"에서 한 가지 십전씩 사온 들통" 등 재화의 가치에 민감한 표현이 자주 나온다. 「피로」에도 '금(金) 백원' 한 접시에 오 전짜리 '라이스커레이'", 「소설가 구보씨의 일일」에도 "시내에 산재한 무수한 광무소, 인지대 100원, 열람비 5원, 수수료 10원, 지도대 18전…출원등록된 광구, 조선 전토의 7할 시시각각으로 사람들은 졸부가 되고'"삼원 육십 전. 하여튼 팔원 사십 전만 있으면, 그 소녀는 완전히 행복일 수 있었다"[23] 등 돈과 관련된 서술이 많다.

이처럼 박태원 소설은 상품의 가격이나 교환가치를 강조하는 관찰 방식을 동원하고 있다. 이는 근대자본주의 이후 돈이 일상적인 삶에 절대적인 영향을 미치게 된 도시적 삶의 양태를 반영한 것이다. 박태원 소설은 도시 관찰을 통해 교환가치의 결핍을 확인하는 동시에 모든 것이 교환가치로 환원되는 세태를 부정한다. 그런데 흥미로운 것은 동경을 배경으로 하는 소설과 경성을 배경으로 하는 소설에서 이 교환가치에 대한 인식이 서로 다른 양상을 보인다는 점이다. 결론적으로 말하면 전자는 교환가치의 결핍을 확인하면서 이를 사용가치가 우선되는 상황으로 전복시키는 반면, 후자는 교환가치의 결핍을 확인하는 현실에 서술의 초점이 놓여 있다. 이는 제국의 수도에서 경성을 추억하는 방식과 식민지 수도에서 식민자본주의의 음험한 침입을 관찰하는 방식이 다르기 때문이다.

---

23 박태원, 『소설가 구보 씨의 일일』, 문학과지성사, 2005, 107쪽.

전술한 바와 같이 박태원 소설에서 동경은 빈번하게 경성을 환기하는 공간으로 묘사된다. 그리고 동경에서 재화의 결핍은 경성에 대한 추억과 결부되고, 이를 통해 치유된다. 「사흘 굶은 봄달」에서 춘삼은 배고픔을 잊기 위해, '한 끼도 굶겨주지 않던 어머니'와 '왜떡과 거림책 없는 세상이었으나 생각하여보면 그 때가 그 중 재미나던 살림이었다고' 회상한다. 그리고 어머니가 정성껏 차려준 생일 밥상을 받고 "국과 고기와 나물로 밥 한 그릇"을 먹었던 경성에서의 행복했던 과거를 떠올린다. 「딱한 사람들」의 이틀을 굶은 진수도 공원의 벤치에 앉아서 부족함이 없었던 어린 시절을 회상한다. 추억 속에서 경성은 풍요로운 공간으로 표상된다.

그러나 식민지가 가속화되는 경성의 현실은 동경에서 춘삼과 진수가 그리워하는 곳과는 사뭇 다르다. 「피로」의 '나'는 '구차한 내 나라'를, 구보는 '서정 시인까지 황금광으로 나서는' 재화의 끝없는 욕망과 재화의 결핍으로 생기 잃은 군중들을 보고하고 있다. 구보는 경성역의 군중들 속에서 '그들의 누구에게서도 인간 본래의 온정을 찾지 못하고,' 화폐에 매개되는 인간들의 슬픈 초상만을 확인한다. 또한 「거리」의 '나'는 가난 때문에 가족들과 화합하지 못하면서, "사람과 사람의 관계란, 결국, 따지고 보자면 이해관계 이외에 아무것도 없다"[24]고 단언한다. 「적멸」의 '나'는 인간관계가 '허식과 허례를 완전히 버리고 나선 새빨간 인간 본래의 알몸뚱이가' 되기를 원하지만, 현실은 그렇지 않아 '이유 없는 울분'과 '불안의식'에 시달리고 있다. 경성을 관찰하는 주인공들은 대부분

---

24 위의 책, 237쪽.

가족과 대화도 하지 않고 친밀한 인간관계를 유지하지 못하는 존재들이다. 「피로」의 '나', 「거리」의 '나', '구보'는 동행자 없이 하루 종일 혼자 거리를 배회한다. 구보는 저녁 늦게 벗을 만나지만 그들은 곧 헤어진다. 「피로」의 '나'는 신문사에 들러 친구를 만나려다가 그만둔다. 이들은 사회로부터 소외되어 있으며 가족과의 대화도 단절되어 있다. 이처럼 경성에 있는 인물들은 가난하고 고독한 존재들이며, 재화의 결핍으로 근대자본주의 질서에서 배제된 군상들이다.

또한 박태원 소설에는 카페와 술집, 여급 등이 자주 등장한다. 카페와 술집은 근대적 욕망과 소비가 집약적으로 들어나는 공간이다. 당시 카페라는 새로운 유흥의 장은 계층여하를 막론하고 대다수 도시인들에게 문명화된 소비와 향락의 무대로 각광받았다. 돈만 있으면 누구나가 모던 카페 걸의 접대를 받으며 서양 음악과 서양 술과 같은 외피에 둘러싸여 문명을 체험하고 공유할 수 있는 새로운 소비의 대중화가 촉발된 공간이 바로 카페였다.[25]

그런데 박태원 소설에서 카페도 경성과 동경이 서로 다른 양상으로 그려진다. 경성의 카페는 교환 가치적 욕망이 증폭되는 공간이며, 욕망의 실체를 확인하면서 동시에 이를 부정하는 공간이다. 반면 동경의 카페는 욕망보다는 '인간 본래의 온정'과 '우정'이라는 전근대적 가치를 실현하는 공간으로 그려진다. 「반년간」의 철수는 경성에서 온 카페 여급 '미사꼬'를 사랑하지만, 그에게 있어서 그녀는 단순한 욕망의 대상이 아니다.

---

25 안미영, 「1930년대 소설에 나타난 여급고찰」 『여성문학연구』 제3호, 2000, 294쪽.

철수는 그 기쁨 그 사랑 속에 도취하여 그대로 그 길을 걸어가며 여자의 얼굴이 또 한 번 자기 눈앞에 떠오르기를 기대하였다. 그리고 그는 그것에 성공할 줄 알았다. 그러나 그것은 뜻밖에 그의 어머니의 얼굴이었고 그의 형의 얼굴이었고 그의 어린누이의 얼굴이었고 또 준호의 얼굴이었고 그리고 그가 알고 있는 사람들, 그를 알고 있는 사람들의 얼굴이었다. 철수는 그들의 얼굴에서 질책의 빛을 본 듯이 생각하였다. 연민과 조소의 빛을 본 듯이 생각하였다.[26]

여기서 '미사꼬'는 쾌락의 대상이 아니라 경성의 가족을 환기시키는 존재이다. 카페 여급은 철수 일행을 '고국 어른'으로 깍듯하게 대접한다. 철수는 '미사꼬'의 '순결이 오탁에 물 들을까 봐' 전전긍긍하면서, 자신이 그녀와 애정행각을 벌인다는 것에 심한 죄의식을 느낀다. '헐벗고 굶주리는' 친구들을 외면한 채 자신의 즐거움을 찾는다는 것은 '크나큰 죄악'이라고 생각한다. 미사꼬에 대한 철수의 심정은 남녀 간의 사랑과 동포애가 혼재된 모호하고 복잡한 감정이다. 철수는 근대적 욕망을 추구하면서도 그 욕망으로부터 벗어나려는 이중적인 의식을 엿보이지만, 종국에는 돈이 필요한 친구를 무조건 기꺼이 도와줌으로써 전통적 가치를 우선하는 인물로 그려지고 있다. 「딱한 사람들」의 순구와 진수도 굶주림에 지쳐 대화도 하지 않고 소원해졌지만, 소설 말미에서 '친구와 친구 사이의 인간의 본래의 애정'을 느끼면서, 담배 한 개비를 둘로 나누면서 따뜻한 우정을 확인한다.

「방란장 주인」과 「성군」은 동경에 있는 찻집 '방란장'을 중심으로 예

---

26 박태원, 「반년간」, 320~321쪽.

술가들의 다정한 일상을 그리고 있다. 「방란장 주인」은 한 작품이 한 문장으로 되어 있는 전무후무한 실험적인 기법의 소설이지만 주제의식은 지극히 전통적인 사유를 담고 있다는 점에서 특이한 작품이다. 이 소설은 자작, 만성이. 수경선생 등 '불우한 예술가'들의 도움으로 찻집 '방란장'을 개업하였다가 운영난으로 문을 닫게 되는 상황을 서사의 핵심으로 삼고 있다. 그런데 이 소설은 찻집 실패가 아니라 종업원 '미사에'의 거취에 서술의 초점이 놓여 있다. '돌아갈 집도 부모도 형제도 가진 것이 아무 것 없는' 가여운 '미사에'를 '방란장' 주인의 가족으로 받아들일 계획을 세우는 과정을 장황하게 서술하고 있는 것이다. 「성군」은 「방란장 주인」의 연장선에 놓인 소설이다. 이 소설 역시 경영난에 허덕이는 '방란장' 주인을 돕기 위해 예술가들이 벌이는 해프닝을 다루고 있는데, 미사에는 방란장 주인의 아내로 그려지고 있다. 특히 소설 말미에서 예술가들의 예상과는 달리 음악가 윌리엄 텔이 아버지와 화해하는 장면을 통해 우정과 가족애를 강조하고 있다.

요컨대 동경을 배경으로 하는 소설들은 교환가치보다는 전통적인 윤리와 도덕 등 전통적인 가치를 중시한다. 근대는 자유로운 개체적 존재, 인습과 봉건적인 제도에 속박되지 않는 개인의 개별성을 전제로 한다. 하지만 동경에 거주하는 인물들은 개별성보다는 연대의식, 가족주의 등을 강조하고 있다. 또한 경성을 배경으로 하는 소설들은 교환가치가 우선하고 전통적인 가치들이 균열되는 현실에 주목하고 있는데, 이 역시 박태원 문학의 핵심이 근대적 가치로 인한 가족주의와 동양적 전통의 해체를 비판적으로 성찰하고 있음을 의미한다. 전근대적 가치에 대한 관심과 탈식민주의 의식은 초기소설에서부터 일제말기 그리고 해방과 월북 이후에 까지 이어지는 박태원 문학의 중요한 내적 질서이다.

4. 결론

지금까지 이 글은 박태원 소설 중에 유사한 주제와 패턴이 반복되는 경우가 빈번하다는 점에 주목하여 이를 내부 텍스트성의 관점에서 논의하였다. 박태원 소설의 내부 텍스트성 중에 주목할 것은 동경과 경성이라는 텍스트, 즉 도시 공간에 대한 세밀한 관찰이라는 모티프이다. 요컨대 동경과 경성의 상호참조는 박태원 소설의 핵심이다. 그의 소설에는 동경과 경성의 도시 곳곳을 세밀하게 관찰하면서 보고하는 인물들이 반복적으로 등장하고 이들을 통해 동경과 경성의 근대 풍경이 잘 묘파되고 있다. 「반년간」 「사흘 굶은 봄달」 「딱한 사람들」 「적멸」 「소설가 구보 씨의 일일」 「피로」 「낙조」 등이 그것이다. 이 중 「반년간」은 박태원 소설의 내부 텍스트성에 있어서 원형에 해당한다. 「반년간」의 동경 체험 즉 도시 곳곳에 대한 관찰, 유학 생활, 연애, 가난한 친구들의 일상 등은 이후 「소설가 구보 씨의 일일」 「향수」 등 다른 소설에서 반복적으로 서술된다.

박태원 소설에서 경성과 동경은 독립된 별개의 공간이 아니라 빈번하게 동시화(同時化)된다. 인물들은 종종 경성에서 동경을 떠올리고, 또한 동경에서 경성을 회고한다. 경성과 동경의 체험은 상호 참조되고, 이중 노출된다. 이 때 동경과 경성은 단순히 물리적이고 지리적인 공간이 아니다. 자본주의 사회에서 도시 공간은 단순히 물리적인 환경으로 존재하는 것이 아니라, 의식적인 환경으로 존재하기 때문이다. 즉 동경 시내에 대한 관찰은 '근대적 불량성'에 대한 확인이며, 경성 곳곳에 대한 관찰은 '근대적 불량'의 연장선 상에서 도시 공간의 재편을 통해 식민지 권력을 강화하려는 제국주의의 공간정치경제학을 세밀하게 살펴보고 이를 드러내는 과정이다. 그것은 식민지 수도와 제국의 수도로서 식민주의의 사회정치적 관계망을 확인하는 사유의 공간이며, 식민지의 본격적인 체험인 동시에 식민 자본주의에 대한 비판적 성찰이다. 도시 곳곳을 관찰하는 인물들은 물리적인 공간의 변화를 둘러싸고 진행되는 '근대적 불량성'과 식민자본주의의 폭넓고 다양한 관계망들, 그리고 그것에 은밀히 내재한 식민 주체를 비판적으로 드러낸다.

또한 박태원 소설은 상품의 가격이나 교환가치를 유난히 강조하지만 궁극적으로는 도시 관찰을 통해 교환가치의 결핍을 확인하는 동시에 모든 것이 교환가치로 환원되는 세태를 부정한다. 동경은 도시화가 급속하게 진행되는 공간인데, 동경에 있는 인물들의 가치관은 오히려 전근대적이며, 전통적인 가족주의를 강조한다. 반면 경성에 있는 인물들은 재화의 욕망을 매개로 하는 삭막한 인간관계를 묘사하고 있다. 이는 인간관계의 전통적인 가치가 소멸되고 재화와 교환 가치로 인식되는 현실에 대한 비판적 성찰이다.

1930년대 서울과 김유정 소설

1. 서론

김유정이 발표한 소설은 총 31편이다.[1] 창작소설 29편 중 14편은 농촌을, 15편은 도시를 배경으로 삼고 있다. 도시를 배경으로 한 소설 중 11편은 구체적인 서울 공간을 중심으로 사건이 전개된다. 사실 김유정은 서울의 도시화를 문제 삼으면서 작가 활동을 시작하였다. 그가 처음으로 탈고한 소설은 「심청」이다. 이 소설은 종로거리를 배회하는 룸펜 인텔리의 시선을 통해 서울의 도시화가 내재한 파행적 국면을 담아내고 있다. 이 작품은 1936년 1월 『중앙』에 발표되었지만, 실제로 탈고된 것

---

[1] 지금까지 알려진 김유정 소설은 총 31편이다. 31편은 「솟」과 「정분」을 동일 작품으로 보고, 고전을 재창작한 「홍길동전」과 「두포전」까지 포함한 것이며, 이 중 순수 창작 소설은 29편이다. 번역소설 「귀여운 여인」과 「잃어진 보석」 두 편도 있다.

은 1932년 6월 15일이다. 첫 작품으로 알려져 있는 「산ㅅ골 나그네」의 탈고일이 1933년 1월 13일인 것을 고려하면,[2] 「심청」은 이보다 일곱 달 정도 앞서 탈고된 사실상 김유정의 첫 소설에 해당한다. 「심청」은 습작기의 작품으로 처녀작이라고 보기에 부족하다[3]는 견해가 있지만, 김유정 소설의 출발점을 잘 알려주고 있다는 점에서 주목할 필요가 있는 작품이다.[4] 그런데 지금까지 「심청」을 포함하여 서울을 배경으로 하는 김유정 소설에 대한 논의는 활발하지 않다. 그것은 김유정 소설에 대한 다소 고정된 시각에서 비롯된다.

김유정 소설은 1930년대 농촌의 구체적인 현실을 독특한 시각과 문체로 담아내는 데에 있어서 독보적이라는 평가를 받고 있다. 따라서 오랫동안 농촌과 빈궁은 김유정 문학을 논의하는 중요한 관점이 되어 왔다. 그러나 근래에는 이러한 견해에 대한 비판과 함께 김유정 소설에 대한 새로운 논의가 제기되고 있다. 이 논고들은 분석 대상을 농촌 소설뿐만 아니라 도시를 배경으로 한 작품까지 확대하고, 다양하고 깊이 있는 시각으로 김유정 소설을 분석해내고 있다. 요컨대 지금까지 김유정 소설에 대한 논의는 크게 두 관점으로 나누어 볼 수 있는데, 하나는 농촌, 향토성, 빈궁, 전통 등이고, 다른 하나는 근대, 도시, 자본주의, 모더니즘 등이다.[5] 이러한 논의들을 통하여 김유정 소설의 고유한 특징과 성과

---

2   전신재 편, 『원본 김유정 전집』, 도서출판 강, 2000, 17쪽.

3   전신재 편, 앞의 책, 180쪽.

4   이에 대한 상세한 논의는 정현숙, 「김유정 소설의 전통과 근대」 『최웅교수정년퇴임기념논총』, 북스힐, 2013, 503~524쪽.

5   후자에 대한 논문으로는 최원식, 「김유정을 다시 읽자」 『한국근대문학을 찾아서』 인

가 상당 부분 규명되어 왔고, 특히 후자의 논점은 김유정 소설에 대한 심도 있는 해석을 제시하고 있다는 점에서 시사하는 바가 크다. 하지만 김유정 소설에 대한 연구는 여전히 한정적이라는 아쉬움이 있다. 그것은 아직도 많은 논고가 주로 「만무방」 「산골나그네」 「소낙비」 등 대표작을 대상으로 삼고 있으며, 전자와 후자의 관점들이 각각 김유정 소설의 일면에만 주목함으로써 논의의 폭을 넓히지 못하고 있기 때문이다.

그런데 정작 김유정 소설의 핵심은 전자와 후자, 두 지점이 크게 상이하지 않고, 오히려 교호하고 있다는 점에 있다. 김유정 소설에서 농촌과 도시는 이질적인 공간이 아니라 봉건주의 사회에서 근대 자본주의 사회로 이행하는 과정에 놓인 생존의 조건이라는 점에서 동질적인 공간이다. 김유정 소설은 일제 강점기 계층의 분화와 가치관의 변화에 대응하는 부박한 삶을 특유의 시각으로 조명하면서, 당시 농촌과 도시가 지닌 역학관계를 적확하게 담아내고 있다. 따라서 김유정 소설에서 주목해야 할 것은 단순히 농촌과 도시라는 표상적인 공간이 아니라 공간이 담고 있는 내적 메커니즘이다. 본고는 이러한 문제의식으로부터 출발한다.

이 글에서 특별히 살펴보고자 하는 것은 김유정 소설이 1930년대 서울을 어떻게 표출하고 있는가 하는 점이다. 좀 더 정확하게 말하면 도시화의 내적 메커니즘을 어떤 시각으로 바라보고 해석하고 있느냐 하

하대학교출판부, 1999 ; 이호림, 「김유정소설의 영화적 독법은 가능한가」 『친일문학은 없다』, 한강, 2006 ; 김영택, 최동순, 「김유정 소설의 근대적 특성」 『Comparative Korean Studies』, Vol.16, No.2, 국제비교한국학회, 2008 ; 김화경, 「김유정문학의 근대 자본주의 경험과 재현양상」, 김유정학회 편, 『김유정의 귀환』, 소명출판, 2012 등이 있다.

는 문제이다. 당시 서울은 일제의 농촌 수탈과 도시의 원료수송 및 병참 기지화에 따라 땅을 빼앗긴 이농민들이 몰려들면서 도시화가 촉발된 곳이었다.[6] 서울은 제국주의 자본이 농촌으로 침투함에 따라 수많은 이농민들이 고향을 떠나 살 곳을 찾아 몰려드는 생존의 공간이었고, 식민자본주의의 도시화가 가속화되고, 식민주의 체제가 뿌리를 내리는 혼란과 갈등의 현장이었다. 김유정 소설은 이러한 서울의 도시화 과정을 예민하게 관찰하고 이를 특유의 반어적 기법으로 담아내고 있다.

2. 서울의 도시화, 공간 분할과 불균형

1) 공동체의 균열

김유정 소설이 주목되는 것은 1930년대 농촌과 도시 공간을 바라보는 독특한 시각 때문이다. 그의 소설은 어설픈 이념이나 추상적인 비판이 아니라 구체적인 삶의 현장을 통해 당시 농촌과 도시가 지닌 현상과 본질을 밝혀보려는 점에서 각별한 태도를 지니고 있다. 당시 농촌은 과거 봉건주의적 토지제도가 해체되고 근대적 토지제도가 정착하는 과정에서 여러 가지 변화를 겪어야 했다. 무엇보다 일제에 의해 시행된 대대적인 토지조사사업에 따라 많은 농민들이 일본인과 한국인 지주의 소작인이 되었다. 당시 인구의 대다수는 농민이었고, 그 중 대부분이 자

---

6 한상진, 『도시와 공동체』, 한울아카데미, 1999, 14~15쪽.

기 땅이 없는 소작인이거나, 자기 땅만으로는 먹고살기 어려운 자소작
인이었다. 1930년대 소작농과 자소작농을 합하면 무려 80%에 달했는데,
더 심각한 것은 이러한 변화 과정에서 소작도 할 수 없는 농민들이 늘
었다는 점이다. 생존의 터전을 상실한 농민들은 유랑민으로 전락하면
서 여러 가지 사회적인 문제를 일으켰다. 「만무방」 「소낙비」 등은 이러
한 사회상을 잘 담고 있다.[7]

> 그도 오년전에는 사랑하는 안해가 있엇고 아들이 있엇고 집도 있
> 엇고 그 때야 어딜하로라고 집을 떠려져 보앗으랴. …(중략)… 농사
> 는 열심히 하는것가튼데 알고보면 남는건 겨우 남의 빗뿐. 이러다가
> 는 결말엔 봉변을 면치못할 것이다. …(중략)… 나는 오십사원을 갑
> 흘길이업스매 죄진 몸이라 도망하니 그대들은 아예싸울게 아니겟고
> 서루 의론하야 어굴치안토록 분배하야 가기 바라노라 하는 의미의
> 성명서를 벽에 남기자 안으로 문들을 걸어닷고 울타리 밋구멍으로
> 세식구 빠저나왓다. 이것이 응칠이가 팔짜를 고치든 첫날이엇다. 그
> 들 부부는 돌아다니며 밥을 빌엇다.(99~100쪽)

> 그는 자긔의 고향인 인제를 등진지벌서 삼년이 되엇다. 해를이어
> 흉작에농작물은 말못되고 딸아빗쟁이들의 위협과 악마구니는 날로
> 심하엿다. 마침내 하리업시 집, 세단사리를 그대로 내버리고 알몸으
> 로 반도주를 하엿든 것이다. 살기조흔 곳을 찾는다고 나어린 안해의
> 손목을 이끌고 이선저산을 넘어 표랑하엿다.그러나 우정 찾어 들은
> 것이 고작 이 마을이나 살속은 역시 일반이다. 어느 산골엘 가 호미

---

7 이 글은 전신재 편, 앞의 책을 텍스트로 삼고, 인용문 끝에 페이지만 적는다.

를 잡아보아도정은 조그만치도 안붓헛고 거기에는 오즉 쌀쌀한 불안
과 굶주림이 품을벌려 그를 맞을뿐이엇다. 터무니 업다하야 농토를
안준다. 일구녕이 업스매품을못판다.밥이 업다. 결국엔 그는 피페하
야 농토가는 농민사이를 감도는 엉뚱한 투기심에 몸이 달떳다. 요사
이 며칠동안을 두고 요넘어 뒷산속에서 밤마다 큰 노름판이 버러지
는 기미를 알앗다.(47쪽)

인용문은 응칠이와 춘호가 고향을 떠나 전전할 수밖에 없는 당시 농
촌 현실을 극명하게 보여준다. 또한 뿌리 뽑힌 이들은 이 마을 저 마을
을 돌아다니다가 범법자가 되기 일쑤였다. 김유정 소설에는 매춘, 도
박, 사기, 협박, 투기, 폭력 등 부정적인 행각들이 자주 등장하는데, 이
는 자본주의와 이기주의가 새로운 이념으로 자리 잡는 상황에서 이에
적절히 대응하지 못하는 낙오자들이 선택하는 불가피한 생존 전략이기
도 하였다. 그것은 식민자본주의의 자본논리가 농촌까지 침투하고, 농
민들은 자본의 절대적 효용성을 절감하면서 돈에 대한 욕구를 충족시
키기 위해 모든 가치를 포기할 수밖에 없는 상황에 직면하였기 때문이
다. 김유정 소설이 담고 있는 반윤리적인 삶의 행태, 즉 서울로 가기 위
해 아내의 매춘을 암묵적으로 독려하고, 병든 남편을 위해 사기 결혼을
하고, 무위도식하면서 절도와 도박을 일삼고, 일확천금을 노리며 술수
를 부리는 등의 부도덕한 행위들은 윤리적인 차원이 아니라 생존의 차
원이다. 이들의 생존 조건은 윤리 도덕을 넘어설 만큼 처절하였다는 점
에 작가의 시선이 놓여있다.

김유정이 이러한 작품을 통해 또 하나 주목하는 것은 이러한 물리적

인 환경 변화와 아울러 사회적인 변화가 가져온 공동체와 인간관계의 균열이다. 근대적 토지제도 아래에서 지주와 소작인의 관계는 과거와는 달리 전통적인 온정주의가 아니라 행정적인 계약 관계로 이행되었다. 인정과 신뢰보다는 법과 계약이 사회 질서의 규범으로 자리 잡기 시작하면서, 사회적 계약에서 배제된 유랑민들은 생존 자체를 위협받게 되었다.

> 되나안되나 좌우간 이러타 말이업스니 춘호는 울화가 퍼저서 죽을 지경이엇다. 그는 타곳에서 떠들어온 몸이라 자기를 밋고 장리를주는 사람도 업고 또는 그잘양한 집을 팔라해도 단 이삼원의 작자도 내닷지 안흐므로 압뒤가 꼭 막혓다.(39쪽)

> 그러나 주재소는 그를 노려보앗다. 툭하면 오라, 가라, 하는데 학질이엇다. 어느 동리고 가 잇다가 불행히 일만 나면 누구 보다도 그부터 붓들려간다. 왜냐면 그는 전사사범이엇다, 처음에는 도박으로 다음엔절도로 도고담에도 절도로, 덜도로—
> 그러나 이번멀리 아우를 방문함은 생활이궁하야 근대러왔다거나 혹은 일을해보러 온것은결코아니엇다. 혈족이라곤 단하나의 동생이요 또한 오래 못본지라 때업시 그리웟다. 그래 머처럼 차자온 것이 뜻박게 덜컥일을 만낫다.(101쪽)

춘호와 응칠은 외지에서 들어온 이방인이기 때문에 장리도 얻을 수 없고, 불의한 사건이 발생하면 의심의 대상이 된다. 공동체, 친밀함, 인격적, 안정성, 따스함의 게마인샤프트적인 요소가 점차 희박해지는 가

운데 이들은 소외되고 고립된다. 이들이 삶을 지탱할 수 있는 유일한 끈은 혈연과 가족애이다. 비록 만무방처럼 보이는 응칠이지만 그가 살아갈 수 있는 것은 동생 응오에 대한 애정 때문이다. 응칠은 동생이 그리워서 이 마을로 들어왔고, 갖은 냉대와 의심을 받으면서도 떠나지 못하고 살고 있다. 또한 춘호 역시 만무방이고 아내에게 가혹하게 굴지만 아내의 소중함을 알고 옷도 제대로 입히지 못하고 밥도 먹이지 못한 것에 마음이 아파한다. 전통적인 가족주의는 김유정 소설에 짙게 깔려 있던 작가의식이기도 하다. 농촌에서 살 수 없는 이들이 새로운 삶을 찾아 가는 곳이 도시이다. 춘호가 아내의 몸을 팔아서라도 가야하는 곳이 서울이다. 김유정은 당시 도시 공간 즉 서울의 변화에도 민감하게 반응한 작가이다. 앞에서 본 바와 같이 그의 순수 창작 소설 29 편 중 12 편은 구체적인 서울 공간을 배경으로 삼고 있다.「심청」「봄과 따라지」「이런 음악회」「봄밤」「야앵」「정조」「옥토끼」「생의 반려」「정조」「슬픈 이야기」「땡볕」「따라지」 등이 그것이다. 그러나 당대 서울은 안식처가 아니었다.

2) 북촌, 소외된 경계

서울에 대한 도시계획은 일제 식민 통치가 시작되면서부터 추진되었다.[8] 서울의 도시화는 1912년부터 1936년까지 단계적으로 시행되었는

---

8 조선총독부는 1912년 시구 개정에 관한 훈령을 발표하고 같은 해 경성부시구개수예정 계획 노선을 고시하였다. 1913년에는 시가지 건축물 취제 규칙을 발표하였고, 이후 1926년, 1928년, 1930년 세 차례에 걸쳐 도시 계획안을 수립하고, 1934년에 조선 시

현대소설의 공간

데, 이는 단순히 물리적인 환경 변화에 그치는 것이 아니라 식민 정책을 효율적으로 시행하기 위한 사회적 실체를 구체화하는 데에 궁극적인 목적이 있었다. 따라서 서울 공간은 식민 통치에 원활하도록 분할, 재편되었다. 을지로, 충무로 등 이른바 남촌 일대는 신흥 상업지역으로 개발되고, 광화문에서 남대문 일대에는 식민정책을 수행하는 관청가가, 용산 일대에는 군사령부와 철도국이 각각 들어섰다.[9] 또한 일제는 도시 전체를 식민지 수도로 개조하려는 의도 아래 서울의 상징적 건축물과 가로를 전면 재조정하였다. 광화문을 해체하고 경복궁 근정전 앞을 가로 막고 조선총독부 신청사를 새로 짓고, 환구단 자리에는 조선호텔을[10], 덕수궁 앞에 경성부청사를, 남대문 앞에 경성역을 각각 신축함으로써 문명의 힘, 일본의 힘을 과시하였다.[11] 그리고 교통 체증을 이유로 남대문 성곽을 헐고 광화문-경성부청 사이의 대로인 태평로를 남대문 정거장(경성역)과 용산으로 연결되는 큰 도로와 이어 붙였다. 원래 서울의 전통 도로망은 광화문에서 황토현 광장(광화문 사거리) 길과 서

가지 계획령을 공포하였다.

9 조선총독부는 1912년 시구 개정에 관한 훈령을 발표하고 같은 해 경성부시구개수예정 계획 노선을 고시하였다. 1913년에는 시가지 건축물 취제 규칙을 발표하였고, 이후 1926년, 1928년, 1930년 세 차례에 걸쳐 도시 계획안을 수립하고, 1934년에 조선 시가지 계획령을 공포하였다.

10 조선호텔은 1914년 조선총독부가 옛 환구단(圜丘壇)을 헐고, 그 자리에 건립한 순수 서구식 근대건축물이다. 환구단은 천자(天子)가 하늘에 제사를 드리는 제천단(祭天壇)을 말하는 것으로 1898년 (고종 34년)에 설립되었으며, 이 자리는 대대로 왕실의 저택자리였다. 손정목, 『일제강점기 도시 사회상 연구』, 일지사, 1996, 530쪽.

11 정우용, 「근대 종로의 상가와 상인」, 『서울학연구총서』 13, 서울시립대학교 서울학연구소 2001, 151~152쪽.

대문–종로의 길이 만나는 T자형 도로를 중심으로 자연 주거지를 따라 형성된 미로 형태의 자잘한 길들이 뒤섞여 있었다. 그러나 남촌과 용산 쪽에 새로운 근대식 시가지가 형성되면서 전통적인 가로망은 허물어졌고, 북촌의 전통 시가지는 남촌 즉 진고개와 용산의 신도심과 대립되는 형태로 가로망이 재편되었다. 뿐만 아니라 남촌에서 북촌 쪽의 세종로와 종로 쪽으로 파고드는 방사형 모양의 장곡천정길(소공로)을 신설하여 일본 상인들에게 편의를 제공하였다.[12] 도심 곳곳에 거대한 건축물이 들어서고 도로망이 신설되면서 서울은 식민지 수도로서의 위용을 갖추어 나가는 동시에 식민지 체제도 뿌리를 내려갔다. 요컨대 서울의 도시화에서 가장 두드러진 특징은 청계천을 경계로 조선인 거주지와 일본인 거주지, 이른바 북촌과 남촌이 분할되고 그 지역적인 차이가 커졌다는 점이다. 이에 따라 전통적으로 서울의 중심지였던 북촌 특히 종로는 명동에 비하여 크게 낙후되었다. 종로는 예부터 양반 관료들의 거주지였고, 1900년에는 종로 네거리에 가로등이 세워지기 시작하였으며, 일제 강점기 이전까지 가장 번화한 거리였다. 그런데 일제의 도시계획에 따라 서울의 중심지가 종로에서 명동으로 옮겨가면서 전통의 큰 거리, 종로가 있던 북촌 쪽은 1930년대가 되도록 도로 부설의 구체적인 혜택에서 소외되었고, 종로는 지린내와 차량들의 가솔린 냄새가 뒤섞인 허접한 거리, 애증이 교차하는 대상으로 변하였다.[13] 식민지 정책의 중요한 방법 중에 하나는 피지배 민족들로 하여금 열등의식을 갖게 하는 것

---

12 노형석, 『한국 근대사의 풍경』, 생각의나무, 2005, 79~83쪽.

13 노형석, 앞의 책, 79~83쪽.

　　　　　　　　　　　　　　　　　　　　　현대소설의 공간

이다. 이 열등감은 식민지 지배에 자발적으로 순응하는 기재로 악용되고 식민 통치를 견고하게 하는 요인으로 작용한다. 서울의 도시화에도 이 정책이 십분 활용되었다. 일제는 도시화 계획에서 종로 일대를 의도적으로 배제시킴으로써 퇴락의 이미지를 강화시켜 나갔다. 일제는 대한제국 시대까지 2~3년에 한 차례씩 준설하던 청계천을 10여 년 동안이나 손대지 않은 채 방치해 두었다. 1917년 종로경찰서에서 종로 관내 지주들을 불러 도시미관을 해치지 않는 건물을 짓도록 훈시한 사실이 있는데, 이것은 종로의 미관을 종로 상인 스스로 책임지려는 의도로 보이지만 실상은 신식 건물을 새로 지을 수 없다면 일인에게 넘기라는 암시이기도 하였다.[14] 즉 서울의 도시화는 의도적인 공간 분할을 통하여 가시적인 차별을 강화하면서 도시화의 정당성을 확보하려는 치밀한 계획 아래 진행되었다.즉 신시가지 개발을 통하여 남촌과 북촌의 불균형을 초래하고, 이를 빌미로 일제는 북촌 개발의 필연성을 확보하면서 점진적으로 서울 전체를 식민지 지배 체제에 용이하도록 재편하여 나갔다. 따라서 당시 서울은 식민지 지배 메커니즘이 강력하게 작용하는 동시에 이에 대한 반감과 탈식민주의의 은밀한 발걸음도 분주하던 공간이었다.

김유정은 서울의 도시화 과정에 주목하면서 식민자본주의가 생성하는 내적 메커니즘을 세심하게 읽어내고, 이를 소설화하였다. 그가 우선 눈여겨본 것은 서울의 도시화에 따른 공간 분할의 문제이며, 이는 북촌에 대한 집요한 관심으로 표출된다. 전술한 바와 같이 당시 북촌은 남

14 정우용, 앞의 글, 148~149쪽.

촌 중심의 도시계획에 따라 상대적으로 낙후되었으며 식민자본주의에 의한 불균형이라는 서울 도시화의 실상을 극명하게 담고 있는 공간이었다. 김유정 소설 29편 중 15편은 도시의 삶을 그리고 있는데, 이 중 11편은 종로 일대, 관철동, 사직동, 연건동 등 북촌을 배경으로 사건이 전개된다. 「심청」 「봄과 따라지」 「이런 음악회」는 종로 일대, 「두꺼비」는 청진동과 관철동, 「생의 반려」는 사직동과 돈의동, 「옥토끼」와 「슬픈 이야기」는 신당리, 「땡볕」은 연건동, 「따라지」는 사직동, 「야앵」은 창경원을 각각 주요 배경으로 삼고 있다. 요컨대 서울을 배경으로 하는 김유정 소설은 도시화에서 소외된 구역을 집중적으로 담아내고 있다. 그의 소설에는 서울 도시화의 중심이었던 명동, 충무로, 을지로 등 이른바 남촌은 아예 등장하지 않고, 예외 없이 북촌 일대를 그리고 있다.[15] 일제 강점기 서울의 도시화에 각별한 관심을 기울인 박태원 남촌과 북촌을 오가면서 시대적 변화와 세태를 세밀히 관찰한 것과는 달리 김유정의 시선은 줄곧 북촌에만 머물러 있었다. 이는 김유정이 일제에 의해 주도된 도시화에 전혀 동조하지 않았거나 혹은 아예 무시하였다고 해석할 수 있는 여지를 제공한다.

필자가 지금까지 확인한 바로는 김유정 소설 중에 남촌이 등장하는 것은 「생의 반려」에서 '나'와 명렬이가 '남산'에 올라가서 잠깐 대화를 나누는 장면이 유일한 것으로 보인다. 이 부분은 에피소드의 일부분이고, 「생의 반려」의 중심 배경은 사직동과 돈의동이다. 그런데 이 에피소드에서 주목할 것은 남산이라는 공간과 이들이 나누는 대화의 내용

---

15 「봄밤」은 다옥정 골목을 배경으로 삼고 있으나, 지극히 짧은 콩트이다.

현대소설의 공간

이다. 소설에서 나와 명렬이는 학교에 결석하고 남산에 올라가서 이야기를 나누는 도중에 명렬이가 마적단이 되고 싶다는 의중을 내보인다.[16] 남산에는 예부터 토속신을 모셨던 국사당이 있었던 곳이다. 그런데 일제는 국사당을 인왕산으로 옮기고 1925년 그 곳에 조선신궁을 세웠다. 이후 조선신궁은 조선총독부와 함께 식민주의를 공고히 하는 위협적인 공간으로 자리 잡았다. 일제는 북악산 자락에 위치한 경복궁 자리에 조선 총독부를 짓고, 북악산과 마주보는 남산 자락에 조선신궁을 배치함으로써 서울을 공간적으로 제압하는 상징이 되도록 설계하였던 것이다. 이 조선신궁은 일본의 천조대신과 명치천황을 모신 관폐대사로 일본인들의 정신적인 구심점이 되는 곳이었고,[17] 남산 아래에는 일제 통치 관련 기구들과 일본인 거류지들이 집중 배치되어 있었다. 이러한 남산에 올라 주인공 명렬이는 마적단에 대한 동경을 내비친다. 당시 만주의 마적단은 일정 부분 독립 운동과 연계되어 있었다는 점을 감안하면 이 부분은 좀 더 세심한 독해가 요구된다.[18] 소설은 이 장면 이후 곧바로 명

---

16 김유정, 「생의 반려」, 전신재 편, 『원본 김유정 전집』, 도서출판 강, 2007, 257~258쪽.
17 목수련, 「'남촌' 문화 : 식민지 문화의 흔적」 『서울학연구총서』 14, 서울시립대학교 서울학연구소, 2003, 242쪽.
18 지금까지 「생의 반려」는 「두꺼비」와 함께 김유정의 자전적인 체험이 많이 반영된 작품으로 이해되어 왔다. 기생 이명주(박녹주)에 대한 짝사랑, 파락호인 형과 이혼한 누이의 비정상적인 행태 등 소설의 상당 부분은 김유정의 사생활이 그대로 서술되어 있다. 그런데 이 작품이 고백록이 아니라 소설이라고 할 때, 그 독법은 다층적이다. 소설의 핵심 사건은 첫 눈에 반한 기생에 대한 짝사랑인데, 사랑에 빠지게 되는 동기는 그녀가 흰 저고리와 흰 치마를 입고 삶의 흥미를 잃은 모습을 하고 있었기 때문이다. 그녀를 향한 나의 사랑은 맹목적인데 그것은 연정이라기보다는 돌아가신 어머니에 대한 그리움을 내포하고 있다.

렬이의 불행한 가족관계에 대한 서술로 이어지고 또한 이 소설이 미완이기 때문에 더 이상 구체적으로 전개되지 않고 소소한 에피소드로 그치고 있지만, 이는 당시 현실에 대한 비순응적인 면모를 드러내는 것만은 분명하다.

이러한 시선은 북촌, 그 중에서도 특히 종로 일대에 대한 세심한 관심을 통하여 보다 선명하게 드러낸다. 앞에서 밝힌 바와 같이 종로는 전통적으로 대표적인 상업 지역이었지만 남촌 중심의 도시화에 따라 상권이 명동 일대로 이동함에 따라 퇴락 일로에 놓여 있었다. 또한 종로 근처 청계천은 몇 년 동안 준설 작업을 하지 않고 방치하여 불결하기 짝이 없었으며, 그 일대는 서울로 살 길을 찾아온 이농민들이 토굴이나 토막을 짓고 모여살기 시작하면서, 가난과 더러움의 온상이었던 곳이다.[19] 무작정 상경한 이들 중 상당수는 구걸로 생계를 이어갈 수밖에 없었기 때문에 종로 일대는 거지들로 넘쳐났다. 당시 종로는 근대와 전통, 자본과 빈곤이 명징하게 교차하는 혼란과 갈등의 현장인 동시에 서울 도시화의 진면목이 고스란히 담겨 있는 공간이었다. 김유정 소설은 이러한 종로의 풍경을 핍진하게 담아냄으로써 서울 도시화의 파행적 국면을 단적으로 드러내고 있다. 그의 첫 작품인 「심청」에는 이러한 종로에 대한 불편한 심기가 반어적으로 표출된다. 「심청」(『중앙』 1936.1)

---

[19] 토굴 토막이 하나의 주거로서 정착화되기 시작한 것은 1910년대 후반기부터였다. 토지조사사업의 결과로 한 일 지주계급이 제도화되자 이것은 곧 한인농민의 토지상실 유랑의 항상화를 초래하였다. 가진 것도 없고 의지할 것도 없으니 겁날 것도 걱정될 일도 없었다. 사실상 혼자 몸일 것 같으면 집도 방도 필요가 없었다. 손정목, 앞의 책, 251~252쪽.

현대소설의 공간

은 1932년 6월 15일 탈고되었으며 김유정의 첫 소설에 해당한다. 첫 작품으로 알려진 「산ㅅ골 나그네」의 탈고일이 1933년 1월 13일인 것을 고려하면,[20] 「심청」은 이보다 일곱 달 정도 앞서 쓴 소설이다. 어떤 작품이 첫 작품이냐 하는 것은 그리 중요하지 않다. 다만 김유정 소설의 출발점이 어디에 있었느냐 하는 것을 알기 위해서는 주목할 필요가 있다. 심술이라는 제목에서 암시하고 있듯이 주인공 룸펜은 종로 근처를 배회하면서 당시 서울의 도시화에 대하여 불편한 심기를 반어적 기법을 통해 드러낸다.

　　그러나 종로가 항상 마음에 들어서 그가 거니느냐, 하면 그런 것도 아니다. 버릇이 시키는 노릇이라 울분할때면 마지못하야 건숭 싸다 닐뿐 실상은 시끄럽고 더럽고 해서 아무 애착도 없었다. …(중략)… 대도시를 건설한다는 명색으로 웅장한 건축이 날로 늘어가고 한편에서는 낡은 단청집은 수리좇아 허락지 않는다. 서울의 면목을 위하야 얼른 개과천선하고 홀륭한 양옥이 되라는 말이었다. 게다 각상점을 보라. 객들에게 미관을 주기 위하야 서루 시새워 별의별짓을 다해가며 어떠한 노력도 물질도 아끼지 않는 모양같다. 마는 기름때가 짜르르한 헌 누데기를 두르고 거지가 이런 상점앞에 떡 버티고서서 나리! 돈한푼 주―하고 어줍대는 그꼴이라니 눈이시도록 짜증 가관이다. 이것은 그상점의 치수를깎을뿐더러 서울이라는 큰 위신에도 손색이 적다 못할지라. 또는 신사숙녀의 뒤를 따르며 시부렁거리는 깍쟁이의 행세좀 보라. …(중략)… 거지를 청결하라. 땅바닥의 쇠똥말똥만 칠게 아니라 문화생활의 장애물인 거지를 먼저 치우라. 천당으로 보내

20　전신재 편, 앞의 책, 17쪽.

든, 산채로 묶어 한강에 띄우든… 머리가 아프도록 그는 이러한 생각
을 하면 어청어청 종로 한복판으로 들어섰다.(181쪽)

'나'는 대도시 건설을 위하여 웅장한 건물들이 속속 늘어가는 반면에
재래식 낡은 단청집은 수리조차 허락하지 않은 현실 즉 근대식 건축물
을 통한 은밀한 지배의 현장을 냉소적으로 바라본다. 건축물은 본질적
으로 권력의 산물인 바, 서울의 도시화는 단순히 근대적 건축물과 대도
시를 건설하는 데에 목적이 있는 것이 아니라 궁극적으로 조선의 고유
한 전통을 파괴하고 식민지 메커니즘을 견고히 하면서 식민 지배 체제
를 강화하려는 의도가 강하였다. 조선총독부청사를 경복궁 안에, 경성
부청사를 덕수궁 바로 앞에, 경성역을 남대문 앞에 각각 건축하였다는
사실은 이를 잘 반증한다. 이러한 도시화 정책에 따라 단청집은 고의적
으로 수리를 허용하지 않고 퇴락하도록 방치하였던 것이다. 또한 도시
화는 현실이 내재한 문제를 해소해 줄 것 같은 기대를 조장하였지만,
그것은 오히려 자본의 독점, 실직, 물질주의 등 새로운 모순과 불균형
을 가져올 뿐이었다. 화려한 상점 옆에 서 있는 거지는 이를 극명하게
보여주고 있다.

「따라지」「야앵」은 도시화 과정에서 조선의 상징적 건물들이 상당 부
분 파괴 또는 훼손되고 있는 상황을 잘 담아내고 있다. 「야앵」은 창경원
을 배경으로 꽃놀이 나온 카페 여급들의 일상과 카페 여급인 정숙이 헤
어졌던 가족과 재회하는 과정을 그리고 있다. 일제는 도시화 과정에서
창경궁 안의 전각들을 헐어버리고 동물원과 식물원을 설치하였으며,
궁원을 일본식으로 변모시키고, 창경원으로 격하시켰다. 그리고 창경

현대소설의 공간

궁과 종묘를 잇는 산맥을 절단하여 도로를 설치하였으며, 궁 안에 일본인들이 좋아하는 벚꽃을 심어놓고 밤 벚꽃놀이를 시작하였다. 이 작품에서는 곱고 향기로운 꽃과 예기치 않은 곳에서 갑자기 만난 무서운 짐승의 기괴한 울음소리를 대조시킴으로써, 현란한 꽃놀이 이면에 내재된 침탈의 현장을 상징적으로 제시하고 있다.[21]

> 쪽대문을 열어놓으니 사직원이 환히 나려다보인다.
> 인제는 봄도 늦었나부다. 저 건너 돌담안에는 사구라꽃이 벌겋게 벌어졌다. 가지가지 나무는 싱싱한 쌍이 폈고 새침히 옷깃을 핥고드는 요놈이 꽃샘이겠지 까치들은 새끼칠 집을 장만하느라고 가지를 입에 물고 날아들고—
> 이런 제길헐, 우리집은 은제나 수리를 하는겐가 해마다 고친다, 고친다 벼르기는 연실 벼르면서 그렇다고 사직골 꼭대기에 올라붙은 깨끗한 초가집이라서 싫은 것도 아니다. 납작한 처마 끝에 비록 묵은 이영이 무데기무데기 흘러 나리건말건, 대문짝 한짝이 삐뚜루 배기건말건 장뚝뒤의 판장이 아주 벌컥 나자빠져도 좋다. 참말이지 그놈의 벽 옆에 뒷간만 좀 고쳤으면 원이 없겠다. 밑둥의 벽이 확 나가서 어떤게 벽이고 뒷간인지 분간을 모르니 게다 여름이 되면 벽바닥으로 구데기가 슬슬 기어들질 않나, 이걸 보면 고대 먹었던 밥풀이 고만 곤두스고만다. (302~303쪽)

---

21 인적이 드문 외진 이 구석 게다가 그게 무슨 놈의 즘생인지 바루 언덕우에서 이히히히 하고 기괴하게 올리는 울음소리에 고만 왼전신에 소름이 쭉 끼치는 것이다. 그들은 정숙이에게로 힝하게 따라가며 '아 무서워! 얘 그게 무어냐?' "글세 뭘까— 아주 징그럽지?" (234쪽)

위 인용문은 「따라지」의 시작 부분으로 사직원과 주변 거주지를 묘사하고 있다. 사직원은 사직단이 있던 곳이다. 사직단은 조선시대부터 성역으로 보호되던 신성한 장소였으나 일제가 그 격을 낮추고 일대를 공원으로 조성하면서 사직원이 되었다. 또한 부지를 분할하여 학교를 짓고 우회도로를 개설하면서 그 존엄성을 크게 추락시켰다.[22] 당시 사직원 주변은 조선의 정통성과 전통성 훼손이 단적으로 드러나는 공간이었다. 「따라지」는 이를 배경으로 가난한 인물들의 비루한 일상을 서술하고 있는데, 인용문에서 보듯이 사직원 안에 활짝 핀 벚꽃과 퇴락하고 불결하기 짝이 없는 초가집은 도시화의 실상을 선명하게 보여준다.

일제가 서울의 도시화에서 역점을 둔 것은 조선인 거주지에 불결과 낙후의 이미지를 덮어씌우고, 그 대극에 청결하고 발전된 일본인 거류지를 창출함으로써 야만의 조선과 문명의 일본을 같은 공간 아래서 극명하게 대조시키는 일이었다. 일제는 조선인이 점유한 공간이 더러우면 더러울수록 불결한 조선인의 이미지가 고정될 것이고, 그런 만큼 민족적 열등감을 전제로 한 동화에는 유리하게 작용하리라고 예상하고 있었던 것이다.[23] 「심청」 「따라지」는 발전과 퇴락, 화려함과 더러움의 대조적인 공간을 통하여 당시 도시화의 실체를 정확하게 읽고 있다. 특히 이 소설들은 불결하고 퇴락한 공간을 반어적 시선으로 두드러지게 묘사함으로써 도시화가 의도한 공간 분할과 불균형의 실상을 분명히 밝

---

22 사직단은 임금이 백성을 위하여 토신인 사(社)와 곡신인 직(稷)에게 제사 지내던 제단으로 태조가 한양 천도 후 종묘와 함께 가장 먼저 지은 곳이다.

23 정우용, 앞의 글, 148~149쪽.

히고 있다.

3) 계층의 분화와 인간관계의 균열

김유정 소설에서 또 하나 주목해야 하는 것은 도시화가 초래하는 실
직과 주택 부족, 물질주의와 인간관계의 균열 등이다. 도시화는 본질적
으로 끊임없이 욕망을 강화시키고 새로움을 추구하도록 종용한다. 새
로운 직업들이 생겨나고, 물신주의가 팽배해지면서 도덕과 윤리도 이
전과 다른 양상을 나타낸다. 김유정 소설은 이러한 변화와 배후의 진실
을 다양한 삶을 통하여 담아내고 있다. 그의 소설에는 룸펜, 거지, 카페
여급, 기생, 버스 걸, 운전사, 회사원, 공장 직공, 행랑어멈 등 다양한 직
업의 인물들이 등장하는데, 이들은 도시화와 더불어 새롭게 등장하거
나 변화에서 낙오된 인물들이다. 또한 이들은 폭력과 사기, 협박과 폭
언 등 부도덕하고 비윤리적인 태도를 자주 보인다. 「두꺼비」와 「생의 반
려」에서는 짝사랑을 이용하여 기생오라비가 돈을 뜯어내고 향응을 강
요하고, 「애기」는 신랑과 신부가 서로 속고 속이면서 결혼하는 이야기
이다. 「정조」에서는 성관계를 빌미로 주인집 남자에게 돈을 받아내고,
「이런 음악회」에서는 상을 받기 위해 관객을 동원하고 매수하며, 「슬픈
이야기」에서는 전기회사 감독이 된 남편이 여학생과 재혼하기 위해 조
강지처에게 폭력을 일삼고 이혼을 강요하며, 「따라지」는 세입자를 쫓
아내려는 주인과 버티려는 세입자 사이의 반목과 갈등이 폭력으로까지
이어지는 비인간적인 세태를 진솔하게 그려내고 있다. 이러한 그릇된
행동을 하는 인물들의 이면에는 물질주의가 자리하고 있으며, 이는 도

시화가 가져온 가치관의 변화를 반영한다.

「슬픈 이야기」는 신당리 토막촌을 배경으로 폭력과 몰염치가 난무하는 일상을 그리고 있다. 소설에서 신당리는 '푼푼치 못한 잡동산이 만이 옹기종기 몰킨 곳'이라고 묘사되고 있는데, 이곳은 당시 도시빈민들이 모여 살던 집단 거주지였다. 즉 신당동 남산 끝자락인 시구문(광희문)과 신당리 근교에는 근대화의 낙오자인 도시 빈민들이 지은 누더기 토막촌이 있어 피로와 허기에 지친 이들의 보금자리가 되었는데, 일제는 1930년대에도 동양척식주식회사의 고급주택지 개발을 내세워 남산 동쪽 기슭 신당리와 장충동에 살던 도시 토막민들을 강제로 내쫓았다.[24] 소설은 여학생과 결혼하고 싶어서 아내에게 무자비한 폭력을 행사하면서 이혼을 강요하는 남편과 가혹한 행위에도 한마디 저항도 못하는 우매한 아내를 통하여 일상 깊숙이 스며드는 인간관계의 균열을 고발하고 있다.

> 이 노파의 말을 들어보면 저놈이 십삼년동안이나 전차운전수로 있다가 올에서야 겨우 감독이 된것이라는데 그까짓걸 무슨 정승판서나 한것같이 곤내질을 하며 동리로 돌아치는건 그런대로 봐준다 하드라도 갑작스리 무슨 지랄병이 났는지 여학생 장가좀 들겠다고 안해보고 너같은 시골띠기하구 살면 내낯이 깍인다, 하며 어여 친정으로 가라고 줄청같이 들볶는 모양이니 이건 짜정 괘씸하다. 제가 시골서 처음 올라와서 전차운전수가 되어가지고 지금 사람이 온체 착실해서 돈도 무던히 모였다고 요 통안서 소문이 자자하게 난 그 저금 팔백원

---

24 노형석, 앞의 책, 232쪽.

현대소설의 공간

이라나 얼마라나를 모으기 시작할 때 …(중략)… 엄동에 목도리 장갑
하나없이 그리고 겹저고리로 떨면서 아츰저녁 격금내기로 변또를 부
치러 다니든 그 안해의 피땀이 안들고야 그 칠팔백원돈이 어디서 떨
어지는가(297쪽)

남편은 돈과 사회적 지위가 확보되자 오랜 세월 함께 고생한 조강지
처를 쫓아내려고 갖은 폭행을 일삼는 비열한 인물이다. 소설에서는 아
내와 아내의 동생이 계속되는 폭행에 한마디 저항도 하지 못한다. 이는
도시화에 따라 전통적인 인륜보다는 돈과 이기적인 욕망이 인간관계를
결정하는 중요한 요소로 자리 잡아 가는 상황을 대변하고 있다.

「정조」는 성관계를 빌미로 행랑어멈이 불손하게 행동하면서 결국은
주인남자로부터 이 백 원을 받아내어 독립해나가는 이야기이다. 행랑
살이는 주인집 행랑채를 빌려 살면서 최소한도의 주생활이 해결되는
대가로 가구주는 비상시적 머슴살이를 하고 주부는 거의 상시적 가정
부 노릇을 하면서 끼니도 해결하는 상태를 말한다. 이 행랑살이는 조선
시대 동거노예제도의 유물이지만 일제 강점기 당시에는 구직난과 주택
난이 초래한 도시하층민 생활의 한 형태로 고정되어 있었다. 1930년대
서울에만 행랑살이가 4~5만 명에 이르렀다고 한다.[25] 이들은 주인과 종
속관계에 놓여 있는 것이 일반적인 형태이지만 「정조」에서는 이러한 관
계가 와해되고 있다.

---

[25] 1930년 당시 조선총독부 통계에 의하면 경성부내 136,728명의 유업자 중 첫 번째 직
      업은 주인가구에 고용된 가사사용인으로 12,094명이었다. 실제 전유업자 중 8.9%에
      해당하며, 행랑어멈이 주축을 이룬다. 손정목, 앞의 책, 248~250쪽.

"저는 뭐 행낭사리만 밤낮 하는줄 아서요?"하고 그전 붙어 눌러왔
든 그 아씨에게 주짜를 뽑는 것이다.

"그럼 삭을세루?"

"삭을세는 왜또 삭을세야요? 장사하러 가는데요!"하고 나도 인제
는 너만 하단 듯이 비웃는 눈치이다가

"장사라니 미천이 있어야 하지 않나?"

"고뿌술집 할테니까 한 이백원이면 되겠지요. 더는 해 뭘하게요?"
하고 네보란 듯 토심스리 내뱉고는 구루마의 뒤를 딿아 골목밖으로
나아간다.(292쪽)

인용문은 「정조」의 말미 부분으로 행랑어멈이 서방님으로부터 돈을
받아내어 장사를 하러 떠나는 장면이다. 그동안 억눌렀던 감정을 쏟아
내면서 주인아씨에게 당당하게 맞서고 있다. 사건의 발단이 된 주인과
행랑어멈의 충동적인 성관계는 사실상 오랜 세월동안 하나의 인습으로
용인되어 왔다. 가부장적 사회에서 남성들은 가부장적 권력과 물질적
부를 이용해 자신의 아내는 정조라는 이념적 족쇄로 묶어 놓고 자신은
마음껏 아내 외의 여성들과 성적 쾌락을 추구했으며, 이는 역사적 사회
적으로 공공연하게 용인되는 관습의 일부를 이루어 왔다.[26] 계층적으로
주종 관계에 놓인 여성들은 성적으로도 예속되어 있었던 것이다. 그런
데 「정조」에서는 이러한 인습이 더 이상 용인되지 않고, 전통적인 계층
질서도 효력을 잃고 있다. 계층적인 주종관계는 평등관계로 이행되고
성은 거래의 수단이 되는 세태를 그리고 있다.

---

26 한상무, 「고상한 여성상 타락한 여성상」『김유정과 동시대 문학연구』, 소명출판사,
   2013, 98쪽.

「따라지」는 세입자를 쫓아내려는 주인과 버티려는 세입자 사이의 심한 반목을 다룬 소설이다. 소설의 배경인 사직동 집에는 톨스토이로 불리는 소설가와 누나, 버스 걸과 병든 아버지, 카페 걸 아끼꼬와 영자가 세 들어 살고 있는데, 이들은 늘 월세가 밀려 있다. 이 소설의 핵심 사건은 방세를 받아내려는 주인과 방세를 내지 않으려는 세입자들과의 치열한 갈등이다. 주인여자는 공갈과 협박으로 세입자들을 쫓아내려고 하고 세입자들은 이에 거짓말과 폭력으로 맞선다. 이들 양자에게는 전통적인 인정이나 온정주의는 전혀 찾아볼 수 없고, 몰염치와 이기심만이 남아 있다.

이러한 작품들을 통하여 도시화는 단순히 물리적인 공간 변화에 그치는 것이 아니라 일상 생활에 직접적인 지각변동을 수반한다는 사실을 강조한다. 도시화가 가져온 가치관의 변화 양상 즉 전통적인 질서가 와해되고 물질주의가 새로운 질서로 자리 잡는 사회상과 인간관계의 균열을 보여주고 있다.

3. 도시화, 포섭되지 않은 풍경

김유정 소설에서 무엇보다 주목할 것은 그의 소설이 도시화가 배태하는 다양한 국면을 문제 삼고 있기는 하지만, 외부적인 변화와는 무관하게 흔들리지 않는 견고한 가치의 중요성을 내면화하고 있다는 점이다. 김유정 소설의 인물들은 물질주의 가치관의 소유자인 동시에 전도된 가치관에 포섭되지 않으려는 의식도 함께 드러내는 경우가 종종 있다.

즉 그의 소설들은 부도덕하고 비윤리적인 동기로부터 사건이 시작되지만 종국에는 도덕적이고 윤리적인 결말을 맺거나, 표면적인 행동과는 달리 이면에 진실을 담고 있는 인물들이 주제의식을 드러내는 경우가 빈번하다.

〈애기〉는 돈 때문에 양가부모와 부부가 서로 속이면서 결혼하는 이야기이다. 아내는 혼전에 다른 남자의 아이를 임신한 채 결혼하는데, 이 사실이 밝혀지고 그 아이 때문에 불행해지자 부부가 공모하여 딸을 유기하기로 작정하고 남편이 아이를 다옥정 골목에 버리고 돌아온다. 하지만 아이가 얼어 죽을까 걱정하며 결국에는 다시 돌아가 딸을 데려온다. 또한 〈따라지〉에서 카페여급 아끼꼬는 겉으로 보면 방탕하고 '씨알이 될 것 같지 않은 계집애'로 보이지만 실은 속이 깊은 여성이다. 그녀가 '아끼꼬'라는 이름만 쓰는 것은 카페여급이라고 얕잡아 보는 손님들에게 조선이름으로 불리는 것이 싫기 때문이다. 그녀는 여자고보를 중퇴하고 카페 여급으로 일하고 있지만 함께 사는 친구 영애와 깊은 우정을 나누고 건넌방 소설가 톨스토이를 사모하며 악덕한 집주인에 맞서서 세입자들을 지켜내는 용기 있는 여성이다. 주인집 여자는 경성부청 직원인 조카를 불러들이고, 경찰서에 신고까지 하면서 세입자를 쫓아내려고 하지만, 그녀는 이에 위압당하지 않고, 오히려 이를 무시해버린다.

"난 그런지 몰루!"
아끼꼬는 땅에 침을 탁뱉고 아주 천연스리 대답한다. 그리고 사직원의 문간쯤에 와서

'이담 또 만납시다'

제멋대로 작별을 남기고 저는 저대로 산쪽으로 올라간다.

활텃길로 올라오다 아끼꼬는 궁금하야 뒤를 한번 돌아본다. 너머
기가 막혀서 벙벙히 바라보고 있다가 다시 주먹으로 나른한 하품을
끄는 순사.(323쪽)

이는 아끼꼬가 경찰서로 연행되는 도중에 자신의 불법적인 행위에
대하여 거론하는 순사에게 맞서서 이를 단호히 무시하고, 제멋대로 작
별 인사를 남긴 채 가버리는 장면이다. 도시화에 따라 전통적인 인륜
보다는 근대적 법이 새로운 통치 체제로 자리 잡았다. 또한 당시 식민
주의는 강력한 법을 통하여 개인과 사회를 억압하고 식민 질서를 강화
하여 나갔다. 그런데 아끼꼬는 순사의 책망에 동의하지 않고 고의적으
로 무시함으로써 사회적 통치 질서에 순치되지 않으려는 의식을 내보
인다.

또한 김유정 소설들은 일제에 의해 은밀하게 통제되는 다양한 국면을
담아내고, 동시에 이러한 정책에 포섭되지 않는 일면을 드러냄으로써
통제에 대한 부정의식을 드러낸다. 「봄과 따라지」는 종로 일대에서 배
회하는 어린거지의 일상을 통하여 전통적인 온정주의는 증발하고 제도
와 통제라는 근대적 규칙이 자리 잡는 상황을 그리고 있다. 거지는 양
복쟁이, 뾰족구두, 신여성 등을 차례로 쫓아다니면서 구걸을 하지만 동
정은커녕 오히려 멸시와 심한 구타를 당하고 만다. 그리고 결국에는 거
리 단속에 나온 관리에게 귀를 붙잡힌 채 끌려간다.

이왕 이렇게 된바에야 끌리는대로 따라만가면 고만이다. 붐비는 사람틈으로 검불같이 힘없이 딸려가며 그러나 속으로는 허지만 뭐. 처음에는 꽤도 겁도 집어먹었으나 인제는 하도 여러번 겪고난 몸이라 두려움보다 오히려 실없는 우정까지 느끼게된다. 이쪽이 저를 미워도 안하렴남 공연스리 제가 씹고덤비는 걸 생각하면 짜정밉기도 하려니와 그럴스록에 야릇한 정이 드는것만은 사실이다. 오늘은 또 무슨 일을 시킬려는가, 유리창을 닦느냐, 뒷간을 치느냐, 타구쯤 정하게 부셔주면 그대로 나가라 하겠지. 하여튼 가자는건 좋으나 온체 잔뜩 찝어댕기는 바람에 이건 너무 아프다.(190쪽)

당시 거지들은 파행적 근대화가 양산한 사회적 약자이었지만 보호는 커녕 거리 정화를 위해 제거되어야 할 대상일 뿐이었다. 일제는 거지들이 도시 미관을 해치고, 위생과 풍기 등 사회 문제를 일으킨다는 이유로 이들을 수시로 통제하였으며, 경찰의 임무 중 하나는 부랑자 단속이었다. 경찰의 단속에 의해 부랑자는 시 외곽으로 쫓겨나거나 수용소에 감금되어 노동에 복무하여야 하였다. 그리고 이들 부랑자들은 사회로부터 배제되면서 더러움과 공포, 모든 악의 온상으로 낙인 찍혔다.[27] 소설에서도 이들은 모든 사람들에게 경계의 대상으로 비쳐진다. 사회적 질서 유지라는 명분으로 시행되는 이들에 대한 단속은 사실상 조선인 약자들을 강력한 사회적 통치 질서 안에 가두려는 의도가 강했다. 그런데 소설에서는 거지들이 오히려 나름대로 즐거운 시간을 보내는 모습을 잘 묘사하고 있다. 또한 인용문에서 보는 바와 같이 어린거지는 경

---

27   서울 사회과학연구소 편, 『근대성의 경계를 찾아서』, 새길, 2002, 193~199쪽 참조.

현대소설의 공간

찰 단속에 두려워하지 않고 오히려 희화화함으로써 단속 정책 자체를 부정하고 있다.

이처럼 김유정 소설들은 도시화에 따른 가치관의 변화에 동조하지 않는 면모를 드러내거나, 새로운 통치 질서를 자발적으로 무시함으로써, 당시 시행되던 일방적인 통제에 포섭되지 않으려는 적극적인 의지를 표명하고 있다.

4. 결론

지금까지 이 글은 김유정 소설이 1930년대 서울을 어떻게 표출하고 있는가 하는 점을 살펴보았다. 김유정 소설이 문제적인 것은 당시 농촌과 도시가 지닌 역학관계를 정확하게 파악하고 이를 특유의 반어적 기법을 통하여 비판적으로 담아내고 있다는 점이다. 김유정 소설의 핵심은 농촌과 도시가 교호한다는 점에 있다. 그의 소설에서 농촌과 도시는 이질적인 공간이 아니라 식민자본주의가 뿌리 내리는 과정에 놓인 절박한 생존 조건이라는 점에서 동질적인 공간이다.

서울을 배경으로 하는 김유정 소설이 문제 삼는 것은 크게 세 가지 국면이다. 하나는 공간 분할과 전통 파괴, 이에 따른 불균형의 문제이고, 다른 하나는 도시화가 초래하는 변화 양상 즉 실직과 주택 부족, 물질주의와 인간관계의 균열 등이다. 그리고 무엇보다 눈여겨 볼 것은 김유정 소설은 다양한 국면에서 도시화의 실상을 밝히면서 도시화에 포섭되지 않으려는 의식, 외부 변화에 동요하지 않는 견고함을 은밀히 내면화하고 있다는 점이다.

김유정 소설이 우선 주목하는 것은 서울의 도시화 과정에서 초래되는 의도적인 공간 분할과 불균형, 전통과 정통성 훼손의 현장이다. 당시 서울은 도시화에 따라 청계천을 경계로 북촌과 남촌이 분할되고 지역적인 편차가 커졌으며, 이 과정에서 전통적으로 서울의 중심지였던 종로는 명동에 비하여 크게 낙후되었다. 김유정의 시선은 줄곧 도시화에서 소외된 북촌에만 머물러 있고, 그의 소설은 예외 없이 종로를 포함한 북촌 일대를 중심으로 전개된다. 이는 김유정이 당시 도시화 정책에 동조하지 않았거나 무시하였다고 해석할 수 있는 여지를 제공한다. 또한 그의 소설은 도시화, 문명화와는 대극에 놓인 퇴락하고 불결한 공간을 집중적으로 담아냄으로써 도시화의 실상과 파행적 국면을 정확하게 보여주고 있다.

동시에 김유정 소설은 물질주의와 이기적인 인간관계 등 도시화에 따른 다양한 국면의 변화 양상에도 주의를 기울인다. 그의 소설은 룸펜, 거지, 카페 여급, 기생, 버스 걸, 운전사, 회사원, 공장 직공, 행랑어멈 등 다양한 직업의 인물들이 등장하며 이들은 이전과는 다른 가치관과 생활 방식 속에 살아간다. 이들은 폭력과 협박 등 부도덕하고 비윤리적인 태도를 자주 보인다. 이는 도시화가 단순히 물리적인 공간 변화에 그치는 것이 아니라 일상 깊숙이 새로운 질서로 자리 잡아 가고 있음을 밝히는 것이다. 그런데 무엇보다 주목할 것은 김유정 소설이 이러한 도시화의 다양한 국면을 문제 삼고 있기는 하지만, 외부적인 변화와는 무관하게 동요하지 않는 견고한 가치 또는 도시화에 비순응적인 태도를 내면화하고 있다는 점이다. 그의 소설은 도시화에 따른 변화와 새로운 통치 질서에 동조하지 않거나, 자발적으로 무시하는 경우가 종종 있다. 이를 통하여 식민주의의 통제와 일방적인 도시화에 포섭되지 않으려는 면모를 내보인다.

제2부

간도의 공간

    ··· 만주사변 이후 간도는 이전과는 달리 항일투쟁에 대한 기대감을 잃고, 가족애마저 상실하는 '인심이 야박하고' '돈만 아는' 이기적인 사회로 변한다. 친가와 시가 모두로부터 박대를 받고 거처할 곳이 없어 혹한의 거리를 전전하는 승호 모자의 비극은 이러한 간도의 세태를 사실적으로 보여준다.

안수길 소설에 나타난
재만 조선인의 정착의지

1. 서론

이 글은 일제 강점기 안수길(1911~1977) 소설을 중심으로 재만 시기 그의 소설이 지닌 작가의식과 작품 세계를 살펴보고, 이를 통해 재만 조선인 문학[1]의 문학사적 의의를 살펴보려는데 목적이 있다. 주지하는 바와 같이 지금까지 재만문학은 망명문학, 항일문학,[2] 친일문학, 국책문

---

1   재만 조선인 문학에 대해서는 '간도문학' '재만 한국문학' '중국 조선족 문학' '중국 조선인 문학' '조선족 이민문학' 등 다양한 명칭이 사용되고 있다. 명칭에 따라 범주와 개념에 차이가 있다. 중국 학계에서는 '중국 조선족 문학', '중국 조선인 문학'이라는 용어를 주로 사용하는데, 이는 만주국이 일제의 괴뢰정부라는 인식 때문이다. 우리 학계에서는 '간도'와 '만주'라는 역사적 공간에 특별히 주목하여 '재만 조선인 문학', '재만 한국문학', '간도문학' 등의 명칭을 사용한다. 이 글에서는 '재만 조선인 문학'이 라고 부르기로 한다. 그것은 이 글의 논의 대상이 만주국 시기의 문학이며, 또한 당시 문단에서 '재만 조선인 문학'이라고 불렸기 때문이다.

2   오양호, 『한국문학과 간도』, 문예출판사, 1988 ; 민현기, 「안수길의 초기 소설과 간도

학[3]의 시각에서 평가하여왔다. 이러한 관점은 부분적인 타당성을 지니지만, 무엇보다도 재만 문학을 온당하게 이해하기 위해서는 재만문학이 지닌 특수한 상황, 즉 이주문학의 관점에서 살펴볼 필요가 있다.[4] 재만 조선인 문학은 우리 민족의 만주 이주와 정착 과정 즉 일제의 식민지 정책과 탈식민주의라는 민족 문학적인 명제가 생성한 문학이기 때문이다. 따라서 재만 문학은 친일과 항일의 이분법이 아니라, 공존할 수 없는 두 세계가 착종, 혼재하는 역사적인 상황과 전망에 대한 이해로부터 논의의 출발점을 삼아야 할 것이다. 재만 문학의 대표적인 작가인 안수길 소설에는 이러한 특성이 잘 드러나 있다.

안수길은 『북향』지, 『싹트는 대지』 발간과 『만선일보』를 중심으로 한 이른바 '망명문단' 형성에 깊이 관여하였으며, 1935년 적십자병원장(『조선문단』 현상문예당선작)으로 등단한 이후, 1945년 6월말 건강이 악화되어 함흥으로 돌아오기까지 근 20여 년(1924~1945) 동안 만주에서 작품 활동을 하였다. 그는 만주에 잠시 머물렀던 체험을 소설화한 한설야, 강경애, 최서해, 이기영 등과는 다른 특성을 지닌 작가이다. 안수길은 이념과 계급투쟁의 관점이 아니라 이주민들의 실상과 다양한 삶의 양태를 사실적으로 그리는 데 주력하였다. 이는 기자로서 겪은 체

체험」, 『한국근대소설과 민족 현실』, 문학과 지성사, 1989 ; 최경호, 『실향시대의 민족문학─안수길 연구』, 형설출판사, 1994.

3   채훈, 『일제강점기 재만 한국문학연구』, 깊은샘, 1990 ; 이상경(1996), 「간도체험의 정신사」, 『작가연구』 2호, 새미, 1996.

4   이러한 관점의 논고로는 정덕준, 「안수길 소설연구」, 『한국문예비평연구』 15집, 2004.12, 장춘식, 『해방전 조선족 이민소설연구』, 민족출판사, 2004 등이 있다.

험과 무관하지 않을 것이다. 그는 가족과 함께 만주에 이주하여 살면서 1935년 이후에 본격적인 창작활동을 시작하여 일본 패망 직전까지도 지속적으로 만주 체험을 소설화하였으며, 『북원』(1944), 『북향보』(1944~1945), 『북간도』(1959~1963), 『통로』(1968), 『성천강』(1971) 등에 이르기까지 평생 만주를 탐구한 작가이다. 또한 안수길의 문학적 출발점이 만주국 건국 이후라는 사실은 안수길 문학을 이해하는데 간과할 수 없는 중요한 사실이다. 안수길의 「새벽」(1935), 「벼」(1941), 「원각촌」(1941), 「토성」(1942), 「목축기」(1943) 등은 만주국 건국 이후에 발표된 작품들이며, 이 소설들은 만주 정착 과정에서 이주민들이 직면하였던 가혹한 시련과 정착의지에 대한 증언이자 보고서이다. 이러한 소설들은 우리 민족의 만주 이주사라고 바꿔 말할 수 있는 바, 이 글에서 논의하려는 「목축기」『북향보』 또한 이런 맥락에서 이해해야 하는 것이다.

『북향보』를 주요 논의 대상으로 삼는 이유는 이 소설이 만주국 정책의 수용과 민족 단위의 생존이라는 착종과 혼란의 이주민 사회상을 생생하게 반영함으로써 당시 재만 이주민 사회의 생존 방식을 사실적으로 반영하고 있기 때문이다. 또한 『북향보』는 간도라는 특수한 공간에서 일제 강점기 모국어로 쓰여진 마지막 소설이며,[5] 동시에 만주에서 안수길 소설의 도착점이며, 동시에 해방 이후 안수길 문학의 출발점이라는 판단 때문이다. 즉 이 소설은 안수길의 최초의 장편소설이자 만주에서 발표한 마지막 소설로서 재만 시기 안수길의 전망과 작가의식이 잘 드러나 있다. 안수길은 『만선일보』에 연재하면서, 『북향보』가 시대의

---

5 오양호, 「신개지의 기수들」, 『북향보』, 문학출판공사, 1987, 322쪽.

요구에 부응한 작품임을 밝히고 있다. 안타깝지만 당시 『만선일보』를 중심으로 한 '망명문단'이 국내의 신문과 잡지가 폐간되고 검열이 강화되기 시작한 이후, 작가들이 귀착한 지점이라는 사실을 고려할 때, 『북향보』도 이러한 모순적인 현실의 한계 속에서 연재된 소설이라는 점에 유념할 필요가 있다. 그동안 이 작품은 만주국 정책을 반영한 친일, 국책문학이라는 비판을 받아왔다. 결론적으로 이 글은 『북향보』가 만주국의 이념과 문예정책으로부터 자유로울 수 없었다는 전제로부터 시작한다. 그런데 안수길은 이주 조선인들의 정착의지와 구체적인 생활상에 관심을 집중시켰으며, 따라서 그의 소설 속에는 양립 불가능할 것으로 보이는 생존 논리가 혼재되어 있다는 점에 주목하고자 한다. 그러므로 안수길 문학을 정당하게 이해하고 평가하기 위해서는 작품 속에 내재하는 길항 관계를 밝혀보아야만 한다. 안수길 소설에는 만주국 정책을 수용하는 담론 속에 민족의 자립적 정착을 확보하려는 발화가 내포되는 등 이중적인 논리가 혼재되어 있기 때문이다. 이 글은 『북향보』를 중심으로 소설 속에 반영된 당시 이주민들의 이중적인 생존조건을 중점적으로 살펴보고, 민족문학사적인 관점에서 이러한 작품을 어떻게 평가할 것인가를 전망하여 보고자 한다.

2. 이주 초기 수난과 정착사에 대한 증언

안수길은 1935년 『조선문단』 속간 기념 현상 문예에 단편 적십자병원장과 콩트 붉은 목도리가 각각 1등에 당선됨으로써 창작 활동을 시작하였다. 적십자병원장은 '검열 불통과로' 활자화되지 못하였기 때문에 자세한 내용은 알 수 없으나, 작가에 의하면 그 소설은 "독립군의 적십자 병원장이었던 주인공이 일경의 눈을 속이기 위해 거짓 미치광이 노릇을 하다가 마침내 그 부락을 습격해 온 공산유격대의 손에 납치되어 간다는 줄거리였다"[6]고 한다. 등단작을 통해 안수길 소설의 출발점이 생존의 위협을 받는 조선 이주민의 비극에 있음을 알 수 있다. 이후 안수길은 「새벽」(1935), 「함지쟁이 영감」(1936), 「부억녀」(1937), 「차중에서」(1940), 「4호실」(1940), 「한여름밤」(1941), 「벼」(1941), 「원각촌」(1941), 「토성」(1942), 「새마을」(1942), 「목축기」(1943), 「바람」(1943), 『북향보』(1944-1945) 등 일련의 작품들을 통해 이주민들의 정착 과정의 수난과 정착의지를 집중적으로 형상화하였다. 안수길은 창작집 『북원』[7] 후기에서 작품집에 수록된 소설들이 재만 조선인의 생활을 만주국 건국 이전부터 소급하여 오늘에 이르기까지 단편적으로 발굴 기록한 것이지만, 시대적 연결을 고려하여 「새벽」 「새마을」 「벼」 「원각촌」 「토성」 「목축기」의 순서로 읽어주기 바란다고 밝힌 바 있다. 이것은 바로 그의 소설 세계가 이주 초기부터 만주국 건국이후에 이르기까지 이주민들이 겪어온 이주 과정에 대한 역사, 즉 이주 정착사에 대한 보고서라는 것을 의미한다. 「새벽」과 「벼」는 이주 초기 온갖 수난을 겪으면서 생존의 터전을 닦아온 조선 이주민들의 가혹한 삶을 생생하게 담고 있으며, 「새마

---

6 안수길, 「나의 처녀작 시절」, 『명아주 한포기』, 문예창작사, 1977, 205쪽.

7 북원』(1943. 예문당)은 재만 조선인 문단의 최초의 개인 창작집이다. 이 작품집에는 「새벽」, 「함지쟁이 영감」, 「부억녀(富億女)」, 「차중에서」, 「4호실」, 「한 여름밤」, 「벼」, 「원각촌」, 「토성」, 「새마을」, 「목축기」, 「바람」 등 열 두 편의 소설이 실려 있다.

을」「원각촌」「토성」「목축기」는 만주국 건국 이후 이주민들의 다양한 적응 양태와 전망을 드러낸 소설이다.

「새벽」[8]은 곤궁한 삶을 피해 고향을 떠났지만, 가족을 인질로 돈을 빌리고 빚을 갚기 위해 소금 밀매에까지 나서야하는 절박한 상황, 중국인 지주를 등에 업고 동족을 괴롭히는 얼되놈(마름)의 만행, 일제와 중국 정부의 억압과 통제, 마적과 군인들의 폭행 등 고국에서보다 더 열악한 삶의 조건 아래 생존의 위협에 처한 초기 이주민들의 비극적인 실상을 '나(창복)'의 가족을 중심으로 서술하고 있다. 그리고 「벼」는 한 가정의 비극이 아니라 이주민 집단부락의 수난사를 폭넓게 형상화하고, 수전 농사의 의미를 강조함으로써, 이주민 정책의 근본적인 모순을 문제 삼고 있다. 이 소설은 이주민들이 원주민들의 거센 저항과 목숨을 건 숱한 희생을 극복하면서 황무지를 개간하여 논농사에 성공하였으나, 중국 당국에 의해 학교 설립이 무산되고, 마을을 떠나야하는 위기에 처한 '매봉둔'의 참담한 현실을 그리고 있다. 「벼」는 여러 논자에 의하여 민족의식이 약화된 작품으로 지적되어 왔다.[9] 이주민들이 '나까모도'와 중국인 지주 '방치원'을 적극적인 후원자로 인식하며, 일본 영사관에 도움을 청하고 그들의 비호를 받아 중국 원주민의 공격에 방어하려는 등의 행위가 부각되어 있다는 것이다. 그러나 「벼」는 일본과 중국이 자신들

---

8 「새벽−어느 청년의 수기」의 원제는 「호가네 지팡」으로 1935년에 창작된 소설이다. 1941년 『싹트는 대지』(재만 조선인 작품집, 만선일보사)에 새벽으로 개제하여 수록하였다.

9 김윤식, 『안수길 연구』, 정음사, 1986 ; 이상경, 「간도체험의 정신사」, 『작가연구−특집 안수길 』, 새미, 1996 참조.

의 경제적, 정치적인 책략 아래 이용하려 하는 상황에서 살아남기 위하여 선택할 수밖에 없는 이주민들의 현실적인 생존 논리를 사실적으로 반영한 소설이다. 당시 중국과 일제는 황무지 개척과 수전 경작의 이윤, 중국 침략의 교두보와 군수물자 확보라는 자국의 이익에 따라 이주 조선인들을 이용하였으며, 민족주의 정서가 고조되기 시작하면서 실제로 항일적인 성향의 중국인 관리들은 이주 조선인을 구축하는 경우도 있었다.[10] 「벼」는 이러한 상황을 생생하게 반영한 소설이다. 총부리를 겨누는 중국 관헌 앞에서 '논에 엎드려 볏모를 끌어안은' 채, 일본 영사관의 도움에 일말의 희망을 걸 수밖에 없는 것은 친일적인 행위가 아니라 생존을 위한 본능적인 방어일 뿐이다. 이 소설은 법적 보호장치 없이 생존의 위기에 처한 이주민들의 실상과 수전 농사를 통해 간도에 정착하려는 강한 의지 등 초기 이주민 사회가 직면한 현실의 지표를 구체적으로 드러내고 있다.

정착의지는 만주국 건국 이후를 배경으로 한 소설에서 한층 강조된다. 「새마을」「원각촌」「목축기」 등 만주국 건국 이후를 배경으로 한 작품들은 만주에서 온갖 수난을 감내하며 생존해온 이주 조선인의 간고한 삶보다는 만주국 정책에 순응하고 이주 조선인 사회가 지향해야 할 세계를 내보이고 있다. 이른바 '만주국' 건국에서 비롯하는 갖가지 사회 상황의 변화, 이주 초기와는 사뭇 달라진 생존 조건 등을 주목하면서, 이러한 환경 변화에 적절히 대응하며 이주민 사회가 나가야 할 방향을

---

10 신주백, 『만주지역 한인의 민족운동사(1920~1945)』, 아세아문화사, 1999, 34~39쪽.

탐색해 보이고 있는 것이다.[11] 즉 이러한 소설들은 단순히 만주국의 정책에 부응하는 것이 아니라, 만주라는 특수한 공간에서 정착민으로 살아가려는 이주민들의 불가피한 생존 방식을 드러냄으로써 다양한 삶의 양태와 정착의지를 반영하고 있다.

「새마을」(1942)은 '속(續)새벽'이라는 부제가 의미하듯이 「새벽」의 뒷이야기이다. 이 소설은 만주국 수립 이후. '나(창복)'의 가족의 변화된 생활을 서술하고 있다. '박치만'의 만행을 알게 된 '호가'는 모든 진실을 밝히고 이주민들에게 최대한 편의를 제공하지만, '나'의 아버지는 '호가네 지팡'을 떠나 '용정의 새마을'로 이사한다. 용정에서 '나'는 사환으로 일하며 야학에 다니고 아버지도 미장이 일을 하며, 청년 지도자로 성장한 삼손이와도 해후한다. 이들은 새로운 생활을 시작하지만, 여전히 「새벽」의 상처를 가슴에 묻고 살아간다. 실성한 어머니는 온갖 처방에도 불구하고 점점 더 악화되기 때문이다. 또한 이 소설은 '온돌쟁이 고서방' '명의 한주부' 등이 서로 돕고, 젊은 지식인들이 후학 양성에 열성적인 삶의 모습을 통해 동포애와 정착의지를 강조하고 있다. 그러므로 「새마을」은 단순히 「새벽」의 후일담에 지나지 않은 소설[12]이라기보다는 용정에 집단촌을 이루면서 상부상조하는 이주민들을 통해 만주국 건국 이후 이주민 사회의 다양한 삶의 모습과 전망을 담아낸 작품이다. 이 소설이 단순히 만주국의 정책에 부응하는 소설이라기보다는 이주소설로서 그 의미를 규명해보아야 할 이유가 여기에 있는 것이다. 「원각촌」

---

11 정덕준, 「안수길 소설연구」, 『한국문예비평연구』 제15집, 2004.12, 363쪽.

12 김윤식, 앞의 책, 77쪽.

(1941)도 「새벽」의 연장선상에 놓인 작품이다. 이 소설은 '원각교'라는 종교의 이상촌을 건설하기 위해 법당을 짓는 과정과 '원보(억쇠)'의 기이한 행각이라는 이질적인 이야기가 얽혀있다. 두 이야기는 언뜻 긴밀성이 없어 보이지만, 원각촌 건설이 '중국인 지팡살이에 갖은 고초를 겪었던 주민들의' 정신적인 안식처와 직결되고, '원보'의 행각이 '한익상'이라는 악랄한 '얼되놈'의 응징에 직결된 이야기라는 점에서 조선 이주민들의 수난사에 맥락이 닿아 있다. 비록 '한익상'의 악행이 치정이라는 개인적인 차원으로 처리됨으로써, 이주민 사회의 구조적인 모순에 대한 비판이 증발되고 말았지만, 그만큼 이상촌 건설을 통한 정착의지가 강조되고 있음을 알 수 있다.

「목축기」는 이상적인 이주민 집단촌의 모습을 보다 구체적으로 제시한 소설이다. 만주국 건국 이후 소위 '협화 정신'에 따라 조선인의 지위가 명목상으로 향상되고, 표면적으로 민족 단위의 생존 투쟁이 사라졌다. 정착민으로서의 새로운 생활 양식이 강조되는 한편, 만주국과의 충돌은 양립 불가능한 길항 작용으로 내면화된다. 「목축기」는 이러한 세계를 잘 반영한 소설이다.[13] 「목축기」는 주인공 '찬호'가 돼지 사육에 열

---

13 안수길에게 있어서 「목축기」는 특별한 작품이다. 「목축기」는 1943년 2월 『춘추』에 발표되고, 첫 창작집인 『북원』에 실린 작품이다. 해방 후 『북원』의 재판이 어려워지자 두 번 째 창작집 『제3인간형』에 다시 실리고, 사망하기 일 년 전에는 『독서생활』(1976.6)에 '자선 한국명작 순례'라는 항목에도 실린 소설이다. 「목축기」는 작가 사망 후 간행된 창작집 『초연』에도 다시 실려졌다. 안수길의 창작집은 『북원』(간도 예문당, 1944) 『제삼인간형』(을유문화사, 1954) 『초연필담』(글벗집, 1955) 『풍차』(동민문화사, 1963) 『벼』(정음사, 1965) 『망명시인』(일지사, 1976) 『초연』(태창문화사, 1977)인데, 두 번 이상 수록된 작품으로는 「목축기」 이외에 「벼」(2회) 「부억녀」(2회) 「원각촌」(3회) 「토성」

성을 쏟는 과정에 대한 이야기이다. '찬호'는 만주국 농업정책에 의해 채용된 '농업교사'로서 '망명지사도 아니고' '훌륭한 교수방법'도 없기 때문에 학생들로부터 무시당하다가, 학교를 그만두고 목축업으로 전직한 인물이다. 이 소설은 '와우목장'을 통해 유축농이라는 만주국 정책을 수용하는 동시에 만주국 건국 이후 변화된 생존 방식과 강한 정착의지를 담고 있다. 당시 이주민들이 직면한 명제는 만주국 정책에 부응하면서 민족 단위의 자립 집단촌을 건설하는 것이었다. 「목축기」는 이러한 당시 현실을 잘 반영하는데, 그것은 '찬호'의 행동과 '와우목장'의 운영 방식에서 단적으로 드러난다. 소설에서는 '찬호'가 '두만강을 건너 충청도, 논산 종묘장'에 가서 돼지를 구입하여 '여드레 동안' 기차에 싣고 오는 과정에 대하여 장황하게 서술하고 있다. 이는 「벼」에서 조선의 볍씨와 논농사의 기술을 만주에 정착시키는 것과 같은 맥락이다. 또한 '와우목장'은 '찬호'를 중심으로 동료 교사들이 주주로 참여하는 방식으로 운영됨으로써, 경제적인 자립을 통한 정착의지를 드러내고 있다. 즉 '노후에 와우산과 벗하여 주경야독할 수 있도록 이상적 부락을 만드시오'라는 주주들의 말에서도 드러나듯이, 이 소설은 정착촌에 대한 강한 의지를 강조하고 있다. 염상섭이 '목축기의 정신과 사상을 농민에게 옮겨 심으면 그것이 그대로 농민도가 되지 않을까.'[14]라고 한 것은 이러한 면에 주목한 것이다. 즉 개척정신과 정착의지가 곧 조선 이주민들이 추구하는 농민도라는 것이다.[15] 그러나 「목축기」는 '찬호'에 대한 학생들의 비

(2회) 「유산」(2회) 등이 있다.

14 안수길, 『북원』, 예문당, 1943, 序 참조.

15 '목축기의 정신과 사상에 다시 협화정신과 흙에서 깊은 숨을 뿜고 나오는 신생의 의

아냥을 통해 만주국 정책을 전면에서 부정하는 의식도 표출하고 있다.

그러나 그는 농촌으로 돌아가야 된다는 그의 신념만은 구피지 않
고 이를 기회 있을 데로 눌변에 담아 이야기하였다. 그러나 그것은
애들에게 한낫 웃음꺼리에 지나지 않었다.
「농촌으루 돌아가라」
「지금은 암흑시대가 아니다. 만주에는 아침이 왔다. 백오십만 동
포의 팔 활을 점령한 농촌은 배운 자를 목마르게 기다린다. 농촌으루
갈지어다. 제구운」
한 애가 운을 떼면 뒤를 받어 다른 애가 나섰다. 실습은 하지 않고
애들은 제멋대로 찬호의 흉내를 내었다.
「날 보구 듬직하니 생겼대서 촌으로 가 돼–지 치구 소 먹이구 그러
래, 아이 참 망칙스런 귀농선생두 다–봤어」
그가 겸임한 여학교 생도는 이런 쪼로 질색이었다.[16]

인용문에서 드러나듯이 아이들의 입을 통하여 만주국 정책이 풍자,
희화되고 있다.[17] 이는 당시 이주민사회가 만주국 정책에 대하여 양가

기와 신인생관이 흔연히 융합된 농민도에 뿌리박은 문학이어야 할 것이다'라는 염상
섭의 글은 목축기가 친일문학, 국책문학이라는 빌미를 제공한다. 이에 대한 자세한
논의는 정덕준, 앞의 글, 386~369쪽 참조.

16 안수길, 「목축기」, 『북원』(예문당, 1943), 8쪽.
17 이 인용문은 『북향』지와 '어문각' 판에 차이가 있다. '어문각' 판에는 '지금은 암흑시대
가 아니다. 만주에는 아침이 왔다'라는 문구가 생략되어 있으며, '부의황제께 충성을
다하고 만죽 건국에 초석이 되기 위해 농촌으로 가야 된단 말인가'라는 부분이 첨가되
어 있다. '어문각' 판은 다음과 같다.

적인 반응을 보이고 있음을 의미한다. 만주국은 건립 이후 '민족 협화'라는 명목 아래 그동안 홀대받았던 소수 민족을 위한 여러 가지 정책을 실시한 것은 사실이지만,[18] 그것은 궁극적으로 이주민 사회를 통제하고, 자신들의 경제를 튼튼히 하여 장차 중국 침략을 대비하려는 데 있었다. 인용문을 통해 안수길은 그와 같은 만주국의 책략적인 면을 부정하고 있는 것이다. 요컨대 「목축기」는 분명 유축농이라는 만주국 정책에 부응하고 있지만, 다른 한편으로는 만주국 건국 이후 이주민 정책에 대한 준비론적 대응논리[19]를 반영한 것이라고 볼 수 있다. 즉 이 소설은 만주국 정책의 수용과 비판이라는 착종된 의식을 잘 드러내면서, 동시에 정착민으로 살아가려는 이주민들의 생존 방식과 정착의지를 담고 있다. 이러한 측면을 간과한 채, 이 소설을 '생산 소설'이라고만 치부한다면 목축기가 형상화하고자 한 당시 이주 조선인의 구체적인 현실을 놓쳐버릴 가능성이 크다. 즉 안수길은 이 소설을 통해 좋든 싫든 간에 조선 이주민들이 만주국의 일원으로 편입될 수밖에 없었던 상황에서 '어

"그러나 그는 농촌으로 돌아가야 된다는 그의 신념만을 굽히지 않고 이를 기회 있는 대로 눌변에 담아 이야기하였다. 그것은 그러나 아이들에게 한낱 웃음거리밖에 되지 못하였다.

「농촌으로 돌아가라」

「백 오십만 동포의 팔 할을 차지한 농촌은 배운 자를 목마르게 기다린다」

한 아이가 운을 떼면 뒤를 받아 다른 아이가 나섰다. 그의 말이 옳건 그르건 그것을 검토하거나 음미하려고 생각지 않고 아이들은 실습 시간에 제멋대로 찬호의 흉내를 내었다.

「날보구 듬직하게 생겼대서 촌으루 가 돼지 치구 소먹이구 그래래 말은 옳지 뭐 그래, 부의황제께 충성을 다하고 만주 건국에 초석이 되기 위해 농촌으루 가야 된단 말인가」… 그가 겸임한 여학교 생도들도 질색이었다.(433쪽)

18 한석정, 『만주국 건국의 재해석』, 동아대학교 출판부, 1999, 68쪽.
19 최경호, 『안수길 연구』, 형설출판, 1994, 94~99쪽, 참조.

떻게 살아야 하는가'라는 현실적인 문제에 구체적인 전망을 제시하고
있는 것이다. 이러한 이주민들의 당면한 생존 논리와 정착의지는 『북향
보』에서 보다 구체화된다.

3. 재만 이주민의 정착의지와 전망 – 『북향보』

1) '북향정신'의 실현과 정착의지

『북향보』는 1944년 12월 1일부터 1945년 4월까지 『만선일보』에 연재
된 장편소설이다.[20] 『북향보』가 『만선일보』에 연재되었다는 사실은 이
소설을 이해하는데 중요한 요소이다. 『만선일보』는 만주국 건국 이후,
언론 통폐합에 따라 조선어 신문인 『만몽일보』와 『간도일보』를 통합하
여 1937년 새롭게 발간된 일종의 만주국 기관지이다. 『만선일보』사에서
는 정기적으로 ① 협화미담 현상모집 ② 금연문예작품 대현상모집 ③
군가모집 ④ 개척가사 현상모집을 통해 글을 모집하고, 당선작에는 고
액의 상금[21]을 주는 등 국책문학을 적극적으로 장려하면서 '오족협화'

---

20 안수길은 『만선일보』연재 분 스크랩을 추고, 가필, 정정하여 보관하고 있었다. 유족
    들이 개작된 원고를 1987년에 문학출판공사에서 단행본으로 출간하였다. 이 글에서
    는 단행본을 텍스트로 삼는다.

21 『만선일보』상금을 보면, 금연소설은 1등에 3백원, 군가가사가 1편에 2백원, 개척가
    사는 입선작 한 편에 3백원이었다. 이것은 당시 『동아일보』의 신춘문예 당선작 상금이
    단편 50원, 시가 5원, 동요 5원, 시나리오가 50원, 신시와 한시가 5원, 동화가 10원, 동
    요가 5원이었던 사실과 비교하여 보면, 그 액수가 얼마나 차이가 나는지 알 수 있다.

정신과 '왕도낙토'를 고무, 홍보하였다. 한편 『동아일보』와 『조선일보』가 폐간 당하고, 『인문평론』도 『국민문학』으로 개칭되는 등 일제의 억압과 검열이 강화되자, 국내의 많은 문인들이 비교적 자유로이 활동할 수 있는 만주로 이주하여, 『만선일보』를 중심으로 망명문단을 형성을 하였다. 만주국이 제공하는 문예정책 아래 문단을 형성하고 문학활동을 전개할 수밖에 없었던 상황 또한 안수길을 포함한 당시 재만 문학을 이해하는데 중요한 요소이다. 즉 『북향보』는 이러한 이중적이고 이율배반적인 전제 아래 연재된 소설이다. 안수길은 『북향보』 연재에 앞서 다음과 같이 창작 의도를 밝히고 있다.

　　나는 과거의 짧은 문학적 경력(文學的 經歷)에 있어 주로 우리 부조 개척민(父祖 開拓民)들의 지나간 역사를 단편적(斷片的)으로 살펴 왔습니다. 이렇게 살펴온 중에 결론으로 파악된 것은 다음 같은 생각이었습니다. 즉 그것은 우리 부조들이 피와 땀으로 이룩한 이 고장을 그 자손이 천대만대 진실로 새로운 고향으로 생각하고 이곳에 백년대계를 꾸며야 할 것이라는 것입니다. 나는 이 작품에서 이 고장에 아름다운 고향을 만들지 않아서는 안된다는 것을 기초삼아 이야기를 전개시켜보려는 것입니다. 만주를 고향을 삼고 여기에 뿌리를 깊이 박자─ 이것이 현시국의 요청이기도 합니다. 서투른 붓이 독자에게 얼마만큼 흥미와 이익을 드릴지 미리 기약할 수는 없으나 증산에 매진하는 농민의 저녁 후의 동무가 될 수 있고, 선계의 만주 정착 문제에 유의하는 분의 관심거리가 된다면 나로서는 분외의 영광이겠습니다.[22]

오양호, 『일제강점기 만주조선인문학연구』, 문예출판사, 1996, 142~143쪽.
22 『만선일보』 작가의 말.

　　　　　　　　　　　　　　　현대소설의 공간

인용문에서 보듯이 『북향보』는 '부조(父祖)들이 피와 땀으로 개척한 만주에 자손만대 살아갈 아름다운 고향'을 만들어 가는 과정에 대한 이야기이다. 안수길은 제2의 고향 만들기가 시대적 요청임을 밝히고 있는데, 그것은 이 소설이 '만주국을 세워 거주하는 모든 민족에게 평등한 대우와 보장, 권리를 줄 것이며, 만주 국인들은 식민지의 2등 국민이 아니라 주권국가의 대우를 받을 국민이다.[23]라는 만주국의 건국 선언에 기초하고 있음을 의미한다. 그런데 만주국이 일제의 괴뢰정권이라는 점을 고려할 때, 『북향보』에서 추구하는 제 2의 고향 만들기는 일정한 한계를 전제할 수밖에 없다. 즉 『북향보』는 '오족협화'를 이념으로 내세우는 만주국과 민족 단위의 삶에 대한 의지와 전망이 상충하는 지점에 놓인 작품이다. 안수길은 『북향보』를 통해 협화정신을 강조하는 현실 속에서 민족 단위의 생존이 어떻게 가능한가 또 그 의미는 무엇인가 하는 것을 보여주고 있는데, 이를 구체적으로 살펴보기로 한다.

『북향보』는 만주국 건국 이후, 정치 경제 사회적으로 변화를 겪는 이주 조선인들의 실상과 미래에 대한 전망을 담고 있다. 만주국은 건국 초기에 '왕도낙도', '민족협화', '시민정신', '건국정신', '따퉁(大同)' 등의 구호를 내세우면서 새로운 사회상을 제시하였다. 그것이 비록 근본적으로 공허한 이념이라고 하더라도 건국 이후 이주 조선인들은 표면적으로는 이주민과 식민지인이라는 이중의 억압에서 벗어나 다른 민족과 동등한 위치에 서게 된다. 따라서 이주민들에게 이제 만주는 절박한 생존의 공간이 아니라, 제2의 고향으로 삼아 '백년대계를 꿈꾸며' 아름

---

23 신주백, 앞의 책, 121~141쪽 참조.

답게 가꾸어야 할 공간으로 변모한다. 이주민들은 극도의 궁핍(「새벽」), 원주민들과의 사투(「벼」), 비적의 횡포(「원각촌」)속에서 인간의 존엄성을 박탈당한 채, 생존이 초미의 관심사였던 가련한 소작농에서 벗어나, 최소한의 권리를 보호받는 주체들로서 만주에 삶의 터전을 마련한다. 한편 만주국 건국이후 이주민 사회는 커다란 혼란에 봉착하는데, 그것은 다름 아니라 전술한 「목축기」에서도 드러나듯이 새롭게 시행되는 유축농업을 받아들여야 하는 이주민들의 위기의식이다. 주지하는 바와 같이 1870년대 이후 지속된 이주사에서 수전(水田) 농업은 이주민들의 절대적인 생존 조건이었다. 이주민들이 중국에 정착할 수 있었던 것은 「벼」에서도 잘 드러나 있듯이, 황무지를 개간하고 논농사를 지어, 지주와 중국 당국에 경제적인 이익을 가져다 줄 수 있었기 때문이다. 만주국 정부가 조선인의 간도 이주를 적극적으로 장려하고, 1936년에는 '만선척식주식회사' 설립하고 이주정책에 관련한 법령을 제정한 것 등은 이러한 효용가치를 극대화하려는 책략이었다. 그런데 이 시기에 이르면 논농사가 더 이상 조선인들의 전업이 아니고, 수전 농사에 종사하는 중국인들이 증가하였다. 그동안 온갖 희생을 겪으면서 척박한 땅을 개간하여 논농사를 해온 조선 이주민들은 하루아침에 농토를 잃고 쫓겨나기도 하였다. 또한 만주국 당국은 자신들의 정치, 경제적인 효용성에 따라 조선 이주민들에게 유축농을 권장하기 시작하였다.

『북향보』는 이러한 시대 상황을 배경으로 '정학도'와 '오찬구' 등 선각자들이 '마가둔'에 이주민 공동체를 건설하는 과정을 서술하고 있다. 소설에서는 '북향도장'과 '북향목장' 설립이라는 구체적인 목표를 설정하고, 공동체적 삶의 터전을 완성하는 과정에서 발생하는 갈등과 충돌을

현대소설의 공간

중심으로 전개된다. '정학도'가 구상하는 공동체는 '북향정신'에 기초를 두는데, '북향정신'이란 한마디로 '만주에 아늑하고 아름다운 고향을 만드는' 것이다. '북향목장'은 새로운 농업정책인 유축농업을 실천하는 장소이며, '북향도장'은 영농기술과 지식을 겸비한 새 시대 지도자를 양성하는 곳이다. 즉 '북향도장'이 추구하는 생산기술 중심의 교육은 만주국 건국 이후의 교육 방침에 동조하는 것이며, '북향목장'도 만주국의 농업 정책에 부응하는 것이다. 또한 '정학도'는 '북향도장'의 설립 취지와 규모 등을 계획 초기 단계부터 성(省)의 적극적인 협조와 후원 아래 진행시킨다. 특히 일본인 관리 '사도미'는 목장 설립에 물심양면으로 도움을 주며, 그의 중재 덕분에 목장이 경매로 넘어갈 위기를 극복하기도 한다. 이처럼 『북향보』의 표면적인 서사는 만주국의 정책과 이념을 적극적으로 반영하고 있다.

그런데 동시에 이 소설은 표면적인 담론과 상치되거나 양립 불가능한 이질적인 세계도 공존하고 있다. 우선 주목할 것은 '북향도장'의 핵심 사상이다. 정학도는 '북향도장'의 강령을 '북향정신(北鄕精神)에 입각한 농민도(農民道) 밑에 지행합치(知行合致) 실천적 교육을 실시하여 도장이 계발건설(啓發建設)에 솔선하여 실천궁행(實踐躬行)하는 모범 인재를 양성함'[24]이라고 제시하고 있다. '북향목장'은 '농민도' 실현에 그 목적이 있는데, '농민도'란 다름 아니라 '도혼(稻魂)' 즉 '모포기를 자식으로 생각하는 마음'[25]이라고 설파한다. 전술한 바와 같이 수전(水田) 농사

---

24 『북향보』, 37쪽.

25 『북향보』, 252쪽.

는 조선인 이주·정착사의 본질이며, 벼에서도 이주민들이 정착민으로 살아갈 수 있었던 것은 바로 수전농사 때문이었다. 이와 같이『북향보』는 '수전농사'를 '북향정신'의 핵심에 놓고 있다. 이는 '南綿北羊'이란 슬로건 아래 목축을 장려하였던 만주 당국의 정책과 '북향목장'의 설립 취지에도 상치되는 대목이다. '수전농사'는 민족의식과 관련하여 해석할 수 있을 터인데, 표면적으로 목축을 장려하는 당국의 정책에 동조하기는 하지만, 실상 '북향도장'의 본질은 수전농사 즉 '도혼'에 있음을 분명히 밝히고 있는 것이다.

① 조선 농민은 만주에 덕(德)의 씨를 심을 사람들일세 조선 농민의 이주사를 줄잡아 70년이라고 한다면 70년 전이나 오늘이나 농민이 이곳에 이주한 까닭은 한결같이 여기 와서 처자 권속을 거느리고 먹고 살자는 것 밖에 없었네. 그 살자는 것도 고스란히 누워서 이곳에 마련되어 있는 것을 냠냠 집어먹자는 비루한 생각이 아니었었네. 그들은 볍씨와 호미를 가지고 왔네. 넓고 거칠어 쓸모없는 땅에 옥답을 만들고 거기에 볍씨를 심어 요즈음 말로 하면 농지 조선 농산물 증산에 땀을 흘린 값으로 이곳에서 먹고 살자는 것이었네, 얼마나 깨끗한 생각이요, 의젓한 행동인가. 하늘을 우러러 부끄러울 것이 없고 땅을 내려보아도 역시 부끄러울 데 없는 바일세.[26]

② 더우기 선계가 만주국에서 나라에 이바지하는 일은 오직 수전 개간과 수전 경작에 의한 식량 기여에 있다해도 과언이 아닌데, 선계가 떳떳이 국민으로서 대접을 받고 그 존재를 주장할 수 있는 점은

---

26 『북향보』, 252~253쪽.

이 농민들의 수고 때문이라 행각해도 무방할 줄 알아요. 그러할진대, 농민에게 그 은혜를 백배 사례해도 모자란다 생각하는데 되려 멸시를 하다니 당신네들 생각은 알 수 없는 일이오.[27]

①은 '정학도'가 ②는 사도미가 각각 '오찬구'한테 이주 · 정착사에 있어서 수전 농사의 의의를 설명하는 부분이다. '정학도'뿐만 아니라 '사도미'의 입을 통해서도 수전 농사의 의미를 역설함으로써, 조선 이주민에게 있어서 수전 농사가 지닌 절대적 의의에 대해서 강조하고 있다. '정학도'는 각고의 노력으로 황무지를 개간하여 정착해온 이주민들을 이주 정착의 정당한 주체로 인정하고 있는 것이다. 그들은 조선에서 볍씨를 가져와 만주에 수전 농사의 새로운 역사를 연 초기 개척민들이다. 수전 농사는 이주 조선인들의 민족적인 자긍심이며, 만주국에 당당하게 편입할 수 있는 유일한 가치라는 것이 조선 이주민에 대한 작가의 인식이다. 그리고 '14장 모내기'는 이 소설 전체에서 구체적인 삶의 현장을 가장 생생하게 드러내는 부분이다. 이 소설은 지식인이자 선각자인 몇몇 인물에 의해 목표가 설정되고 그들을 중심으로 문제를 풀어 가는 형국이므로 민중들의 삶은 배경조차 되지 못한다[28]는 지적이 있지만, '14장 모내기' 부분은 이러한 비판에서 벗어날 수 있다. 이와 같이 '북향도장'의 핵심은 선조들의 '도혼(稻魂)'을 계승하는데 있으며, 이를 통해 이주민의 위상과 정착의지를 강조하고 있다. 즉 이러한 인식은 '북향목장' 설립 취지와 배치되는 것이며, 당시 유축농으로 전환하려는 만주 당

---

27 『북향보』, 143쪽.
28 강진호, 「추상적 민족주의와 간도문학」, 『작가연구』, 새미, 1996, 129쪽.

국의 농업정책에 이반하는 것이다.

또한 정학도는 '확고한 경제 기초'의 중요성을 인식하고, 교육 사업에 투신하였던 지인들을 중심으로 출자금을 지원 받아 '북향목장'을 운영해나간다. 그리고 홍수로 인해 적자가 발생하자 그것도 주주들의 증자를 통해서 극복하려고 한다. 이는 「목축기」에서도 본 바와 같이 경제적인 자립과 민족 자본에 대한 강한 의지로 해석될 수 있는데, 특히 당시 '협화정신'을 실현하기 위하여 만주당국이 홍수나 재난 때 펼쳐던 구제 사업을 고려해 볼 때 시사하는 바가 크다고 할 수 있다. 즉 만주국 정부는 만주 국민들의 사회복지에 각별한 관심을 보였으며, 여섯 개의 복지 원칙인 육양만민(育養萬民) 즉 자유(慈幼) 양로(養老) 진궁(振窮) 휼빈(恤貧) 관질(寬疾) 안부(安富)를 강조하였다. 특히 만주국 건국 첫 해의 홍수나 재난에서 보인 소수 민족들에 대한 구제 사업은 왕도낙토 건설을 위한 정당성 획득에 일조가 되었으며, 국민복지 정책에 따라 초기 만주국은 온통 자선과 기부의 시대였던 것이다.[29] 그런데 '정학도'는 홍수로 인하여 목장 경영이 위기에 처한 상황에서 당국의 시혜적이고 일시적인 지원금의 한계를 인식하고, 뜻있는 주주들의 자발적인 참여를 독려한다. 이러한 민족 자본에 대한 강조는 부정축재자 '박병익'의 탐욕으로 인하여 경매에 넘어갈 위기에 처한 목장을 '정학도'의 문하생들과 지인, 목장 식구들의 자발적인 기탁금으로 극복하는 과정에서도 잘 드러나 있다. 그리고 소설 곳곳에서는 이주민 사회의 발전을 위한 자본의 중요성에 대하여 여러 차례 강조하고, 특히 '박병익'의 매판자본에 대하

---

29 한석정, 앞의 책, 139쪽.

여 강하게 비판하고 있다. 이는『북향보』가 민족자본에 대하여 자각적이라는 사실을 드러내는 대목이다. 즉 이 소설은 매판자본가 '박병익'의 부정에 맞서 민족의식을 지닌 선각자들이 '북향목장'을 지켜나가려는 고투의 과정이다. 이는 '오족협화'라는 공허한 개념을 부정하고 민족단위의 공동체 건설에 대한 강한 의지를 반영한 것이다. 다만 '박병익'의 반민족적인 행각이 개인적인 차원의 도덕적 상실로 축소되어 있다는 점에서 작가의식의 한계를 노출하고 있다.

또한 이 소설에는 일부 이주 조선인들의 부정적인 면을 빌미로 이주민 전체를 통제하려던 당시 정책에 대한 비판도 드러나 있다. 1930년대에 이르러서 일제는 조선인의 만주이주를 정책적 차원에서 대대적으로 실시하여 1933년에는 100만 명 이상이 만주로 이주하였다. 이주민이 2백만에 이르자 일본은 만주를 대동아 공영권의 신개척지로 생각하고, 만주개척을 전국가적 차원으로 대대적으로 시행하였다. 그런데 많은 이주민들이 동시에 새로운 삶의 터전을 마련하기 어려운 상황에서 이주민 사회는 여러 가지 부정적인 사태가 발생하고, 유랑민 양산이라는 사회문제가 야기되었다. 조선인 이주자가 급격히 증가하자 일제는 1937년에 '재만조선인지도요강'을 제정하여 동만 지방의 5개 현과 동변도 지방의 18개 현을 만주지역 한인의 주거지로 정하고 중소, 중몽의 국경일대, 그리고 기타 지역에 산재한 한인을 강제로 특정지역에 집결시켜 집단 부락을 만들고, 만주국을 안정시키기 위하여 철저하게 통제하였다. 그런데 '건강한 농민도'를 훼손시키는 떠돌이 유랑민들은 일제의 잘못된 이민 정책의 산물이다. 조선 이주민 정책은 만주국이 주창한 협화정신이 얼마나 공허한 개념인가 하는 것을 잘 나타낸다. 이러한 허구성은 이주 조선인들의 단점을 부각시키면서, 생활 개선을 강요하였던 정책에서 명백하게 드러난다. 만주국민은 '준법정신'을 갖추어야 하고 구악습을 고쳐야 하며 시민생활을 위한 새로운 지식과 기술을 습득해야 하는 사람들[30]임을 강조하면서 만주 당국은 대대적인 생활 개선 실천에 나섰던 것이다.

2) 만주국 이념의 수용과 왜곡된 역사의식

『북향보』는 앞에서 보인 민족의식과는 달리, 이주민 사회를 계몽과 개선의 객체로 인식한 만주국 당국의 통치 방법을 승인하는 부분이 많다. '사도미'의 다음과 같은 지적에 대한 '찬구'의 태도는 역사인식의 부재를 엿보게 해준다.

사도미는 술이 거나해짐해서 심기가 좋아지는지, 찬구를 믿는 까닭에 그랬던지 그가 평소에 선계(鮮系)에 대해 품고 있는 생각을 털어 놓았다.
(아편 밀수, 야미도리히끼, 부동성, 물의리, 무신용, 불건실, 무책임….)
찬구는 조선사람의 결점이라고 일반적으로 정평이 되어 있는 단어들을 입속에 되뇌이면서 사도미도 마침내는 이런 말들을 끄집어낼 것이라 생각하고 묵묵히 그의 하는 이야기를 듣고 있었는데, 사도미는 찬구가 묵묵히 앉아있는 것이 그의 말이 아니꼬와서 그러는 것인

---

30 한석정, 앞의 책, 151쪽.

　　　　　　　　　　　　　　　　　　현대소설의 공간

줄 짐작했음인지,

　아핫핫, 내가 이렇게 함부로 지껄이다가는 고상한테 뺨 맞겠네하
고 너스레를 떨었다.

　원 별 말씀, 우리 선계의 결점은 비단 그뿐이겠습니까. 책선은 붕우
지도했다고 책선해주시는 그 뜻만 해도 달게 받아야 할터인데…[31]

　위에서 열거한 단점은 「벼」에서 '소현장'이 '조선 사람은 천성이 간사
하여 이익을 위해서 필요한 편에 잘 들어붙으나 그것이 불리하면 배은
망덕하고 은혜 베푼 사람에게 침 뱉기가 일수'라고 이주민을 폄하하는
발언과 같은 것이다. 그런데 '찬구'가 이것을 조선 이주민들이 지닌 결
점으로 자인하면서 붕우지도 운운하는 것은 역사의식이 실종된 경박한
계몽주의자의 소치에 지나지 않은 것이다. 이러한 근시안적 현실인식
은 『북향보』가 조선 이주민들을 통제하기 위하여 실시하였던 정책을 승
인하고 이에 편승하여 생활개선과 환경미화를 강조하는 피상적인 '고
향 만들기'에 머무르는 한계를 초래한다. 이주민 사회의 문제가 오직 이
주민들의 개인적인 차원과 환경에만 있다는 인식은 '북향정신'의 본질
을 단순히 생활 개선의 차원으로 축소시키는 왜곡된 인식을 노출한다.

　「만주를 사랑하라」
　「만주의 우리 고향을 아름답게 만들라」
　하는 그의 북향정신을 쉬운 말로써 이야기하고 하곤 하였다. …(중
략)…

───────

31　『북향보』, 143쪽.

학도는 학교 주위에 보기 좋게 수목을 심기도 하고 옮기기도 하였다. 꽃나무도 적당하게 배치해 심었다. 화단을 가꾸었고, 수석도 적당한 모퉁이에 이룩하는 등 자연을 이용하여 할 수 있는 풍치를 돋우기에 힘을 썼다.

학교가 마가둔의 공원이 된 것은 더 말할 것도 없으나 학도의 뜻은 북향정신이라는 것이 별것이 아니라 농촌을 학교의 공원과 같은 아름다운 풍치를 지닌 촌락으로 만들자는 것이요, 그런 좋은 풍경 속에서 생활의 뿌리를 박고 멀리까지를 생각하면서 아늑하게 선량하게 살자는 것이라는 점을 학교의 경치를 표본으로 보여주자는 것이었다.[32]

이와 같이 '정학도'가 추구하는 공동체 건설은 공원처럼 아름다운 풍치를 지닌 마을 가꾸기, 허례허식 개선하기 등 일상의 측면에 초점이 맞추어져 있다. 여기에는 이주민들이 처했던 역사적인 조건에 대한 근본적인 성찰이 증발된 채, 통치 이데올로기에 편승하는 순응적 현실주의만이 노출되어 있다. 정학도가 주창한 합동 생일 잔치인 '고성회'는 이러한 일면을 잘 나타낸다.

사람이 다 모이게 되면 찬구는 학도만 모셔오고, 학도가 오자 이를 테면 식이 시작되는 것이다. 처음 얼마동안은 아랫목에 앉은 주객과 웃목에 앉은 사람이 함께 절을 하는 것으로 식이 시작되어 그 뒤에 묵도를 하였었는데 이내 이것을 고쳐 건국 신묘 요배, 궁성요배, 제궁요배, 묵도의 순서는 국민의례를 행하는 것이 인조사회(隣組常會)

---

32 『북향보』, 178쪽.

때와 마찬가지였다. 묵도가 끝나면 시국성민의 서사제창 올려 행하
였고 그 다음 학도가 축사 겸 훈화를 하는 것이었다.[33]

생일잔치에 국민의례와 훈화를 하는 것은 일제가 주창한 '새로운 국
민 만들기'에 부응하는 것일 뿐이다. 이는 작가가 '오족협화' 정신이 본
질적으로 각 민족의 민족의식을 배격하고 일본인 중심의 만주국 건설
을 획책하는 이중성을 지니고 있다는 사실을 부분적으로 간과하고 있
음을 반증한다. 또한 '마가둔'의 골칫거리인 '육패부락' 사람들에 대한
인식도 같은 맥락에서 묘사되고 있다. 그들이 '도회지 부정업자의 끄나
풀이 되어 가지고 아편이나 금제품의 짐꾼'으로 연명하면서, '도박'에
빠지는 것은 개인적인 악습의 문제이기도 하지만, 그보다는 빈번한 비
적들의 약탈, 위험한 분자로 오인한 만주국 당국의 감시와 통제 때문에
생활 자체를 위협받고 있었던 상황이 더 근본적인 원인이라고 할 수 있
다. 그런데 소설에서는 이러한 실상에 대한 조명은 약화되고, 이주민들
이 계몽의 객체로만 대상화되어 있다.

이러한 피상적인 현실인식은 '정학도'의 딸 '애라'가 '북향목장'을 재
건하는데 결정적인 역할을 하는 결말에서도 잘 나타난다. 안수길 소설
에는 문제를 자각하는 인물이나 선각자보다는 의외의 부정적인 인물이
문제를 해결하는 경우가 빈번하다. 「원각촌」에서 얼되놈 '한익상'의 만
행을 응징하는 것은 '원보'이고, 「토성」에서 비적의 습격에 마을을 구하
는 것은 멸시받고 있던 '학수'이다. 『북향보』에서도 '북향정신' 실현에

---

33 『북향보』, 228쪽.

냉소적이었던 '애라'가 역설적으로 북향목장을 구한다. 이러한 결말에서 작가의 이상주의적인 일단을 엿볼 수 있다.

『북향보』에 나타난 이주민들의 다양한 삶의 모습과 정착의지는 바로 이러한 작가의식과 현실인식의 차원에서 구체화된 것이다. 안수길이 직면하였던 현실은 만주국의 이념과 정책을 전제로, 민족 단위의 민족공동체를 구축하여야 하는 곤혹스러운 현장이었다. 본질적으로 양립 불가능한 당면한 현실은 식민지인이며 이주민으로서 살아가야 하는 재만 조선인들이 봉착한 생존 조건이기도 하다. 안수길은 이러한 상황에서 현실과 이상 사이의 끊임없는 모색과 대안을 제시하면서, 만주국 정책의 수용과 부정이라는 착종된 작가의식을 노정시킨다. 즉『북향보』는 만주국의 새로운 이념과 체제를 승인하면서 동시에 민족적 자존을 유지하면서 살아가야 하는 상황에 처한 이주민 사회의 현실적 전망과 정착의지를 잘 드러내고 있다.

4. 결론

이 글은 거의 모든 활동이 만주국의 통제에서 벗어날 수 없었다는 당시 현실을 고려할 때, 재만문학을 놓고 친일문학 혹은 국책문학이냐 아니냐를 규정하는 것은 무의미한 일이라는 문제의식으로부터 출발하였다. 그것은 당시 상황에 대한 합리화나 작가로서 최소한의 책무조차 면죄부를 인정하자는 것이 아니라, 그러한 비판이 문학 연구에 이분법적 사고를 고착시키고, 구체적인 작품에 대한 치밀한 독법을 생략하는 풍토를 양산함으로써, 궁극적으로 민족문학사의 중요한 자료들을 간과하기 때문인 것이다.

지금까지 이 글은 안수길이 재만 시기 발표한 작품을 중심으로 작가의식과 작품세계를 살펴보았다. 「새벽」「벼」「원각촌」「목축기」 등은 초기 이주민들이 봉착하였던 냉혹한 현실, 갖은 수난과 역경을 극복하는 정착 과정, 만주국 정책에 대한 이중적인 생존 논리 등 이주민들의 다양한 삶의 양태를 사실적으로 드러내고 있다. 특히 『북향보』는 만주국의 이념과 정책에 대한 부응과 민족 단위 이주민의 생존 전략이라는 양립 불가능한 세계가 혼재하고 있다는 사실을 확인하였다. 이 소설은 표면적으로 만주당국의 축산정책을 수용하는 이상촌을 건설하면서, 조선 이주민들의 절대적인 생존 조건인 수전농사(水田農事) 즉 '도혼(稻魂)'을 강조하는 이중적이고 양가적인 의식을 반영하고 있다. 이는 안수길의 현실인식이며 동시에 당시 이주민들이 처했던 생존조건이기도 하다. 이러한 작품 세계와 작가의식은 무엇보다도 이주문학으로서의 중요한 일면을 드러내는 것이다.

강경애 소설과 간도 디아스포라

1. 서론

강경애 문학에서 '간도', 간도문학'에서 '강경애'는 각별한 의미를 갖는다. 강경애는 처녀작 「파금」(『조선일보』 1931. 1. 27~2. 3)을 발표한 이듬해 6월 간도로 이주하여 그곳에서 창작활동을 지속하였으며, 1936년에는 간도문학의 구심체인 '북향회'의 동인으로 참여하였다.[2] 비록 건강 악화로 활발한 동인 활동을 펼치지 못하고 1939년 귀국하였지만, 강

---

1 이 글에서 간도문학은 일제 강점기 간도를 중심으로 전개된 문학이라는 의미로 사용한다. 간도문학은 재만문학, 이민문학, 중국조선인문학 등으로 불리기도 하며, 명칭과 개념, 시기와 범주 등에서 이견이 제기되고 있다.

2 북향회는 간도에서 활동하는 작가들을 중심을 결성한 문학 동인회이며, 동인지 『북향』을 발간하는 등 활발한 작품 활동을 펼쳤다. 강경애는 『북향』 창간호에 수필을 발표하였다.

경애는 안수길, 현경준 등과 더불어 간도문학의 대표적인 작가로 평가받고 있다. 강경애는 장편 2편, 중단편 19편 등 총 21편의 소설을 발표하였으며, 그 중 12편은 간도의 삶을 구체적으로 그려낸 작품이다.[3] 또한 「파금」 『어머니와 딸』 『인간문제』 「해고」 등은 간도를 직접적인 배경으로 삼지 않지만 소설 말미는 간도와 관련하여 끝을 맺는다. 예컨대 「파금」은 형철이의 고뇌를 중심 내용으로 삼으면서 소설 말미에 간도로 간 "형철이는 작년 여름 ××에서 총살당하고, 혜경이는 ××사건으로 지금 ×× 감옥에 복역 중이다"[4]라는 서술을 덧붙이고 있다. 또한 『어머니와 딸』의 결말 부분에서 옥이는 고향 사람들이 만주로 떠난다는 이야기를 듣고는 '내 땅을 떠나서 가면 무얼해요. 굶어 죽어도 내 땅에서 죽고 빌어먹어도 내 고향에서 먹어야 한다'[5]고 울부짖는다.

이처럼 강경애 소설은 간도의 현실을 집약적으로 형상화할 뿐만 아니라, 서사전개와 다소 무관하게 간도를 끌어들이는 경우가 빈번한데, 이것은 간도가 단순히 물리적인 공간에 그치는 것이 아니라 작가의식과 직결되어 있음을 의미한다. 강경애 소설이 주로 문제 삼는 피식민지 민중의 궁핍과 여성의 성적, 계급적 억압 그리고 계급의식 등은 간도라는 특별한 공간과 깊은 관련성을 맺고 있다. 말하자면 강경애 소설은 간도

---

3 간도를 배경으로 한 소설에는 「그 여자」 「채전」 「축구전」 「유무」 「소금」 「모자」 「원고료 이백원」 「동정」 「어둠」 「번뇌」 「마약」 「검둥이」 등이 있다. 강경애는 간도를 소재로 한 수필도 여러 편 발표하였는데, 「간도를 등지면서, 간도야 잘 있거라」 「강도의 봄—심금을 울린 문인의 이봄」 「이역의 달밤」 「간도」 등이 대표적인 작품이다.

4 강경애, 「파금」, 이상경 편, 『강경애전집』, 소명출판사, 2002, 429쪽.

5 강경애, 『어머니와 딸』, 이상경 편, 위의 책, 131쪽.

현대소설의 공간

를 떼어놓고 제대로 논의하기 어렵다고 할 수 있다.

그동안 강경애 소설은 주로 여성문학의 시각[6]과 이에 대한 비판,[7] 계급과 민족문제에 주목하는 논의[8]를 비롯하여, 서술 양식과 문체,[9] 정신분석[10], 교양소설[11] 등 다양한 관점에서 논의되어 왔다. 특히 여성성을 규명하려는 논의는 긍정[12]과 부정적인 평가[13]뿐만 아니라, 여성의식의 분

---

6 박혜경, 「강경애의 작품에 나타난 여성인식의 문제」 『민족문학사연구』 23권, 2003 ; 송인화, 「하층민 여성의 비극과 자기인식의 도정」, 한국여성소설연구회, 『페미니즘과 소설비평』, 한길사, 1996 ; 김민정, 「강경애 문학에 나타난 지배담론의 영향과 여성적 정체성의 형성에 관한 연구」 『어문학』 85집, 2004 ; 김양선, 「강경애의 후기 소설과 체험의 윤리학」, 『여성문학연구』 제11호, 2004 ; 김미현, 「계급속의 여성, 현실 속의 이상-강경애 소설의 리얼리즘」, 『여성문학을 넘어서』 민음사, 2002 ; 서영인, 「강경애 문학의 여성성」, 『강경애, 시대와 문학』, 랜덤하우스코리아, 2006 등이 있다.

7 김경수, 「강경애 장편소설 재론-페미니스트적 독해에 대한 하나의 문제제기」 『아시아여성연구』 46권 1호(2007.5) 숙명여자대학교 아시아여성연구소.

8 이상경, 『강경애-문학에서의 성과 계급』, 건국대학출판부, 1997 ; 하상일, 「사회주의적 여성주의와 여성 서사의 실현」, 「식민지, 근대화 그리고 여성」, 김인환 외, 『강경애, 시대와 문학』, 랜덤하우스코리아, 2006, 47~70쪽.

9 안숙원, 「유사남성적 언술과 '젠더'의식의 착종」 『한국여성문학비평론』 (개문사, 1995) ; 안숙원, 「여성주의 시각으로 본 강경애 소설 문체」, 『북간도, 페미니즘, 그리고 강경애』, 2007 한국문학이론과 비평학회 후기 해외 학술대회 ; 정미숙, 「강경애의 현실주의적 모방시점」, 『한국여성소설연구입문』, 태학사, 2002.

10 이희춘, 「강경애 소설연구」, 『한국언어문학』 46집, 2001.

11 서정자, 「페미니스트 성장소설과 자기 발견의 체험」 『한국여성학』 7집 ; 송명희, 「문학적 양성성을 추구한 여성교양소설-강경애의 『어머니와 딸』, 『문학과 성의 이데올로기』, 새미, 1994.

12 이상경, 앞 글 ; 김민정, 앞 글 ; 김양선, 앞 글.

13 박혜경, 앞 글.

열과 모순[14]에 주목하는 논의에 이르기까지 다양한 시각에서 심도 있는 분석이 제기되어 왔다. 강경애 소설의 여성성은 성, 계급, 민족의 다중적인 억압 속에서 계급의식을 자각하는 진보성을 드러낸다든가, 아니면 성적 정체성의 자각이 진정한 여성 해방에는 미달된다든가, 또는 젠더의식에 균열과 충돌을 내면화하고 있다는 견해 등이 그것이다. 그런데 주목할 것은 여성성을 규정하는데 있어서 무엇보다 간도라는 특수한 공간에 주목할 필요가 있다는 점이다. 간도 이주민들의 삶을 중심 내용으로 삼는 강경애 소설에서 대부분의 경우 남성은 부재한다. 남성들은 항일 투쟁과 공산주의에 투신하기 위해 집을 떠나 죽거나 투옥되거나, 혹은 이념 투쟁의 무고한 희생자가 된다. 「소금」의 봉식이, 「어둠」의 영실이 오빠, 「모자」의 승호 아버지는 공산주의 투쟁에 나섰다가 죽음을 당하며, 봉식이 아버지는 공산당의 손에 죽는가 하면, 영실이 아버지는 토벌난에 죽음을 당하며, 「번뇌」 「원고료 이 백 원」의 남성들은 투옥 중이다. 남성 부재는 가족의 해체로 이어지고, 여성들은 성적, 경제적 착취가 횡행하는 가혹한 현실로 내몰린다. 이는 식민주의와 자본주의, 민족주의와 공산주의 등 서로 다른 이데올로기가 첨예하게 대립하고 피식민지 민중으로 이를 감당할 수밖에 없었던 간도 이주민들의 특수한 생존조건을 반영하는 것이다. 강경애 소설은 제국주의의 타자이자 남성의 타자로 존재하는 여성의식을 특별히 문제 삼는다. 이러한 여성성에 대한 통찰은 식민지의 국가 상실과 탈식민주의의 관점에서 좀 더 상세히 짚어보아야 하는 문제적인 시각이다. 따라서 이 글은

[14] 서영인, 앞 글.

간도 디아스포라라는 식민지 현실에서 여성의식이 어떻게 구체적으로 형상화되는지를 중점적으로 살펴봄으로써, 궁극적으로 강경애의 독특한 여성의식의 일면을 밝혀 보고자 하는데, 그 목적이 있다.

2. 간도 체험과 자의식

강경애는 1931년 간도로 갔다가 1년 뒤에 혼란한 정세를 피해 일단 고국으로 돌아온다. 당시 간도는 만보산 사건(1931. 7. 2), 만주사변(1931. 9. 18), 만주국 건국(1932. 3. 1)[15]으로 이어지는 역사적 격변기였으며, 일본과 중국의 정치적, 경제적 이해관계가 첨예하게 충돌하는 전쟁의 현장이었다. 강경애는 파국으로 치닫는 간도의 삶을 견디지 못하고 경성으로 돌아오면서 그 착잡한 심정을 다음과 같이 술회하고 있다.

---

15   만보산 사건(萬寶山事件)은 지린성(吉林省) 창춘현(長春縣) 완바오 산 지역에서 조선족 농민과 중국인 농민 사이에 수로 문제로 일어난 유혈사태이다. 이 사건의 본질은 중국 민족운동과 조선인 민족운동이 합세하여 반일 공동전선투쟁을 펼쳐나가는 데에 위협을 느낀 일제가 중국인과 조선인을 이간하여 분열시키고, 이를 빌미로 만주 대륙 침략의 발판을 공고히 하고 국제적으로 자국의 입장을 유리하게 하려는 정치적인 술책이었던 것이다.(*주) 이 사건 이후 중국과 일본의 갈등이 심화되면서 만주 사변이 발생하였다. 만주사변은 1931년 9월 18일, 만철폭파사건을 조작해 일본 관동군이 만주를 중국 침략의 병참기지로 만들고 식민지화하기 위해 벌인 전쟁이다. 1932년 들어선 만주국은 오족협화를 내세우면서 강력한 통치 기반을 구축하였으며, 이에 따라 항일 저항 세력들은 위기에 봉착하고, 이주민 사회 역시 전망을 잃고 황폐해져 갔다.

기차는 이 모든 것을 보여주면서 산굽이를 돌고 터널을 지나 숨차게 경성을 향하여 달음질친다. 그러나 나의 마음만은 반대방향으로 간도를 향하여 뒷걸음친다. 아, 나의 삶이여. 전란의 와중에서 갈 바를 잃고 방황하는 가난한 무리들! 그나마 장정은 죽었는지 살았는지 다 어리로 가버리고 오직 노유부녀만이 그래도 살아보겠다고 도시를 향하여 피난해 오는 광경이 다시금 내 머리에 떠오른다. 부모형제를 눈뜨고 잃고도 어디 가서 하소 한 마디 할 곳이 없으며 그만큼 악착한 현실에 신견이 마비되어 버린 그들! 눈물조차 그들에게서 멀리 달아나 버리고 말았다. 오직 그들 앞에는 죽음과 기아만이 가로놓여 있을 뿐이었다. 그러나 간도여! 힘 있게 살아다오! 굳세게 싸워다오! 그리고 이같이 나오는 나를 향하여 끝없이 비웃어다오.[16]

이처럼 간도는 죽음과 기아 속에 허덕이는 아비규환의 현장이었다. 강경애는 간도 민중들이 이러한 상황을 극복하고 분투하기를 기대하면서 동시에 그곳을 피해 서울로 돌아오는 자신에 대한 깊은 자괴심을 표출하고 있다. 이 두 가지 의식 즉 저항 의지와 자책감은 간도 디아스포라를 중심 내용으로 삼는 소설에 그대로 반영되어 있다. 「소금」 「모자」 「어둠」 「검둥이」 등은 전자를, 「동정」 「유무」 「그 여자」 「원고료 이 백원」 등은 후자에 해당하는 대표적인 소설이다. 요컨대 강경애에게 있어서 간도는 문학적 생애의 전반을 보내고, 피식민지 민중으로서 온갖 억압을 체험하고 목격한 물리적인 공간이며, 또한 작가의식과 작품세계를 규정하는 의식적인 공간이기도 하다. 간도의 체험은 작가로서의 진

---

16 강경애, 「간도야 잘 있거라」, 『동광』, 1932.8, 이상경 편, 앞의 책, 724~725쪽.

현대소설의 공간

지한 자기반성을 요구하는 출발점이다.

> 학생들은 무엇을 배우나, 소위 인테리층 나리들은 어떻게 살아가
> 나. 누구보다도 나는 이때까지 무엇을 배웠으며 무엇으로 입고 무엇
> 으로 먹고 이렇게 살아왔나. 저들은 피와 땀을 사정없이 긁어모아 먹
> 고 입고 살아온 내가 아니냐. 우리들이 배운다는 것은, 어나 배웠다
> 는 것은 저들의 노동력을 좀 더 착취하기 위한 수단이 아니었더냐!…
> 우리는 먼저 이것을 배워야 하지 않겠느냐. 그리하여 튼튼한 일꾼,
> 건전한 투사가 되지 않으려는가.[17]

이는 「간도를 등지면서」의 일부분인데, 인용문에서 보듯이 강경애는
지식인으로서의 사회적 책무에 매우 자각적이었다. 특히 자전적 요소
가 많이 투영된 「그 여자」와 「원고료 이 백 원」은 작가로서의 냉철한 자
기성찰과 자의식을 그대로 담고 있다. 「그 여자」의 주인공 마리아는 여
학교 선생이자 여류문사로서 자부심이 강한 여성이다. 그녀는 교장의
부탁을 받고 교회에서 간도 농민들에게 강연을 하는데, 농민들이 못사
는 것은 고향을 버리고 민족을 버리고 왔기 때문이라고 질타한다.

> "여러분, 죽어도 내 땅에서 죽고요, 살아도 내 땅! 내 땅에서 살아
> 야 한단 말이어요. 무엇하러 여기까지 온단 말이어요! 네. 그렇지 않
> 어요. 네. 내 잔뼈를 이룬 땅이요. 내 다만 하나인 조업이란 말이지
> 요! 여러분 아십니까? 모르십니까? 산명수려한 내 땅을요"[18]

---

17 강경애, 「간도를 등지면서」, 『동광』, 1932.8, 이상경 편, 앞의 책, 723쪽.
18 강경애, 「그 여자」 이상경 편, 앞의 책, 438쪽.

마리아의 연설은 『어머니와 딸』의 옥이가 동네 사람들이 만주로 떠난다는 소식에 갑자기 '살아도 내 땅에서 살아야 한다'며 울부짖는 것과 동일한 내용이기도 하다. 농민들은 '어쩐지 자기들과 딴 인종 같은' '어여쁜 인형이 기계적으로 말하는' 마리아의 강연을 들으면서 고향에서 지주들에게 무참하게 쫓겨나던 모습을 떠올리고, '민족이 뭐냐! 내 땅이 뭐냐!'고 분노한다. 그리고 농민들은 '마리아와 뒤에 둘러앉은 목사와 장로들이 자기들의 살과 피를 빨아먹는 흡혈귀'라고 생각하면서 들고 일어선다. 흥분한 군중들에 둘러싸인 마리아는 자신의 미모가 상할까 봐 두 손으로 얼굴을 가린 채 떨고 있는 것으로 소설은 마무리된다. 이 소설은 마리아의 고답적이고 피상적인 현실인식을 통해 지식인 계층과 농민들과의 간극을 문제 삼고, 지식인의 준엄한 자기 성찰을 강조하고 있다. 「원고료 이 백 원」의 '나'는 「그 여자」의 연장선상에 있다.

「원고료 이 백 원」은 원고료로 받은 이 백 원의 사용처를 두고 남편과 심하게 다툰 '나'가 자신의 욕망보다는 사회적 역할에 충실할 것을 다짐하는 과정을 그리고 있다. 소설은 K에게 보낸 서간 형식을 통해 원고료에 얽힌 사건의 전말과 '나'의 심경을 진솔하게 토로하는데, 소설의 전반부는 궁핍했던 '나'의 과거를 소상히 밝히고, 후반부는 '나'가 원고료를 자신의 욕망이 아닌 남편의 동지들을 위해 쓰기로 작정하고, K에게도 개인적인 고뇌에서 벗어나 사회적 가치에 힘쓸 것을 당부하는 내용이다. 이 소설은 개인적 욕망과 사회적 책무 사이에서 갈등하는 '나'의 자의식이 잘 드러나 있다. 모처럼 돈을 받은 '나'는 털외투와 목도리, 금니, 금반지와 금시계, 그리고 남편 양복 한 벌을 사려는 마음에 들떠 있지만, 남편은 출옥 후 병으로 고생하는 동지와 투옥 중인 동지의 가족

현대소설의 공간

들을 위해 써야 한다고 단언한다. 그리고 일상적 욕망에 젖어 있는 '나'를 '입으로만 아! 무산자여 하고 부르짖는 그런 문인'이라고 맹렬히 힐책한다.

소설은 '나'가 집을 나가 방황하면서 자신의 허위의식을 깨닫고 남편의 뜻에 따르는 것으로 끝맺고 있다. 이는 '나'가 남편의 주장을 수용함으로써 가부장적인 여성의식을 드러내는 것으로 보이나, 그보다는 간도의 현실을 외면하고 이기적인 욕망에 휩싸였던 '나'가 자기를 반성하는 데에서 비롯된다. 무엇보다 '나'가 남편의 의견에 동의하는 것은 '남편을 감옥에 보내고 떠는 모자! 감옥에서 심장병을 얻어가지고 나와서 신음하는 응호!'에 대한 깊은 동정심이 결정적인 동인으로 작용한 것이다. 남편의 일방적인 결정을 '나'가 수동적으로 수용하는 것이 아니라 죽음과 투옥이 일상화된 간도의 비극적인 참상에 대한 철저한 인식과 작가로서의 책무를 자각하는 것이다. 그것은 소설 말미에 간도의 비참한 정황을 생생하게 보고하면서, K에게 '이제야말로 실천으로 말미암아 참된 지식을 얻어야 할 때'라고 강조하는 데에서도 잘 나타나 있다.

> 그리운 고향을 등지고 쓸쓸한 이 만주를 향하여 몇 만의 군중이 달려오고 있지 않느냐. 만주에 와야 누가 그들에게 옷을 주고 밥을 주더냐. 그러나 행여 고향보다는 날까하고 와서는 처자는 요릿간에 혹은 부호의 첩으로 빼앗기우고 울고불고 하며 이 넓은 벌을 헤매이지 않느냐 …(중략)… K야. 이 간도는 토벌단이 들어밀리어서 지금 한창 총소리와 칼소리에 전 대중이 공포에 떨고 있는 중이다. 그러니 농민들은 들에서 농사를 짓지 못하였으며 또 산에서 나무를 베이지 못하고 혹시 목숨이나 구해볼까 하여 비교적 안전지대인 용정시와 국자

가 같은 도시로 몰려드나 장차 그들은 무엇을 먹고 살겠느냐. 이곳에서는 개 목숨보다도 사람의 목숨이 헐하구나.[19]

식민지 질곡 속에서 살길을 찾아 만주로 이주한 이주민들은 처자를 인질로 집과 식량을 마련할 수밖에 없는 비참한 상황에 놓여 있었을 뿐만 아니라, 그렇게 얻은 삶의 터전마저 전쟁으로 잃고 마는 처참한 현실에 직면한다. 「원고료 이 백 원」은 이러한 간도의 현실에 대한 작가의 자성을 강조하고 있다. 「유무」도 작가로서의 자기 정체성을 깊이 깨닫는 내용이다. 윗집에 세 들어 살다가 소리도 없이 사라진 지 1년 만에 느닷없이 나타난 복순 아버지는 작가인 '나'에게 자신의 꿈 이야기를 털어 놓는다. 꿈이란 B[20]들이 어린애를 빼앗아가 죽이고, 동무와 자신을 쇠사슬로 묶고 가슴에 칼을 들여 박는데, 자신은 죽음을 목전에 둔 절망의 순간에 어떤 벼락같은 힘을 얻는다는 것이다. 이런 일이 과연 현실에서 실재해 있을 것 같으냐는 질문에 '나'는 아무 대답도 못한다. 복순이 아버지의 꿈은 식민지의 억압적인 상황과 이에 대한 저항의지를 암시하는 것으로 볼 수 있다. 그런데 이 소설에서 주목할 것은 복순이 아버지의 이야기를 들으면서 '나'가 느끼는 엄숙한 자기 성찰이다.

그는 잠깐 나를 바라보았습니다. 나는 웬일인지 그를 마주 보기가 거북스러웠으며 그 말에 일종의 위압까지 느꼈습니다. 이때까지 놀

---

19 강경애, 「원고료 이백원」, 이상경 편, 앞의 책, 566~567쪽.
20 B는 부르주아의 약호이며, 이 소설은 사회주의를 알레고리 형식으로 표현한 것으로 보기도 한다. 이상경, 앞의 책, 92쪽.

현대소설의 공간

린 나의 붓끝이란 참말 인생의 그 어느 한 부분이라도 진지하게 그려 보았던가?하는 의문이 불시에 들었습니다. 따라서 나의 붓끝이란 허위와 가장이 많았음을 느끼는 동시에 그의 솔직한 말에 나의 가슴은 선뜻 찔리는 것 같았습니다.[21]

이와 같이 '나'는 글만 '허위와 가장'이 많았던 것이 아니라 복순이네를 대하는 태도 또한 그러하였다는 사실을 자인한다. '나'는 복순이네와 친하게 지내면서도 그들을 귀찮은 존재로 생각하였다. 그들이 굶고 있는 것을 뻔히 보면서 '나'만 밥을 지어 먹기가 거북스럽고 미안하여, 때때로 '찬밥덩이나 찌개국물이나 먹다 남은 것'을 주면서 은근히 그들이 이사 가기를 바랐으며, 복순네가 야반도주하자 시원섭섭하게 생각하였던 것이다. 이 소설은 '나'를 통해 지식인의 소박한 시혜의식을 비판적으로 조명하고, 작가로서의 냉철한 자기 성찰을 강조하고 있다.

「동정」은 산월이를 통해 온갖 탈법이 난무하는 사회상과 지식인의 이중적이고 이기적인 의식을 통렬히 비판하고 있다. '나'는 매일 우물가에서 한 여인을 만나, 여인의 비참한 인생역정을 듣게 된다. 여인은 12살에 부모 빚 때문에 양부에게 팔려가 광대노릇을 하다가 지금은 매춘부로 살아가고 있다. 양부가 300원을 받고 팔아넘겼지만 지금 여인의 몸값은 500원으로 올랐으며, '손수 옷을 지어 입으면서 갖은 애를 다 써도' 몸값을 감당할 수 없어서 자포자기한 삶을 살아가고 있다. 여인은 빨래와 동자 그리고 성매매뿐만 아니라 주인으로부터 수시로 폭행까지 당

---

21 강경애, 「유무」, 이상경 편 앞의 책, 486쪽.

하는 처참한 지경에 놓여있다. '나'는 여인을 동정하면서 도망을 치라고 충고하며 여비는 자신이 마련해 줄 것이라고 약속한다. 그러나 정작 여인이 도망쳐 '나'를 찾아오자, 여비는커녕 대책 없이 나왔다고 비난을 해댄다. 이튿날 여인이 우물에 빠져 죽었다는 소식을 들은 '나'는 심한 자책감에 빠진다.

이 소설은 성적, 경제적 착취를 당하고 결국 죽음을 선택할 수밖에 없는 산월이의 비참한 삶을 통하여 인신매매와 매춘이 만연하는 간도의 타락한 상황과 이주민 여성들의 절박한 생존조건을 구체적으로 보여주고 있다. 또한 '나'의 통속적이고 이해타산적인 행동을 드러냄으로써 지식인의 한계와 피상적인 현실인식을 문제 삼고 있다. 피투성이인 채로 도움을 청하는 산월이를 보고도, '나'는 '어제 수해 구제 음악회에서 삼원을 기부하였는데, 또 돈 쓸 일이 나지 않는가? 그러랴면 이 달에 살기가 좀 어려울 터인데 필시 이 달엔 저금은 못하지'라는 얄팍한 속궁리에 빠져 있는 것이다. 이는 일시적으로는 피지배계급의 고통에 공감하면서도 실상은 구체적인 행동이 결여된 채, 자신의 세속적인 욕망에만 충실한 위선적인 지식인의 의식이 잘 드러나 있다.

지금까지 살펴 본 소설들은 모두 간도 체험을 바탕으로 작가의 자기 성찰과 자의식을 담아내고 있다. 지식인 서술자들은 민중들의 궁핍과 고통을 동정하면서도 동시에 이들로부터 계층적인 간극을 느낀다. 민중과 지식인의 괴리감에 대한 인식은 강경애 자신의 자의식이라고 할 수 있다. 강경애는 민중들에 대한 관심이 피상적이고 자기 기만적인 위선은 아닌지에 대해서 성찰하면서 치열하고 준엄한 자기반성을 끊임없이 스스로에게 요구하였던 것이다.

3. 아버지의 부재와 가족주의

　강경애 소설은 주로 만주사변 전후를 배경으로 이념적 혼란과 간도의 피식민지 민중이 직면한 가혹한 현실을 형상화하는데 집중적인 관심을 기울이고 있다. 주지하는 바와 같이 간도는 식민지 치하에서 굶주림에 시달리던 농민들이 이주하여 황무지를 개척하고 삶의 터전을 마련하는 한편, 우국지사들과 항일 무장 세력들은 독립운동의 근거지로 삼은 곳이다. 간도 이주민들은 일본과 중국 군벌의 관계 변화에 따라 한편으로는 일제의 보호 명목의 추적과 간섭을 받으며, 다른 한편으로는 중국인 지주와 중국 관헌의 압박과 배척을 받은 이중의 고통을 겪어야 했던 곳이며, 동시에 그런 만큼 항일 무장 독립운동과 반일 자치 운동이 활발했고 그 속에서 한인 공산주의자 단체도 생겨났던 곳이다.[22] 특히 만주국 정부와 중국 관헌, 원주민과 마적단 등에 의한 이주민 약탈이 극심해지고, 일제의 탄압과 수탈이 기승을 부리면서 이에 대항하는 공산주의 투쟁이 강력해졌으며, 일제 당국의 억압 또한 악랄해졌다. 일제와 중국 당국은 조선 이주민들을 위험한 공산분자로 매도하면서 감시와 탄압을 강화하는가 하면, 일부에서는 생존을 위해 일제에 순응하는 이주민들이 늘어가고, 이념 투쟁의 회의와 전망 부재의 상황에서 아편중독자와 범법자들이 급증하는 등 이주민 사회가 나날이 황폐해지고 일대 혼란에 휩싸였던 것이다. 강경애는 이러한 간도의 현실을 「이역(異域)의 달밤」에서 다음과 같이 보고하고 있다.

22　이상경. 앞의 책, 53쪽.

이곳은 간도다. 서북으로는 시베리아. 동남으로는 조선에 접하여 있는 땅이다. 추울 때는 영화 40도를 중간에 두고 오르고 내리는 이 땅이다. 그나마 애써 농사를 지어 놓고도 또다시 기한(飢寒)에 울고 있지 않는가! 백미 1두에 75전, 식염 1두에 2원 20전, 물경 백미 값의 3배! 이 일단을 보아도 철두철미한 ××수단의 전폭을 엿보기 어렵지 않다. '가정이 공어 맹호야(苛政 恐於猛虎也)'라던가 이 말은 일찍이 들어왔다. 황폐하여 가는 광야에는 군경을 실은 트럭이 종횡으로 질주하고 상공에는 단엽식 비행기만 대선회를 한다. 대산림으로 쫓기어 ××를 들고 ××××××하는 그들! 이 땅을 싸고도는 환경은 매우 복잡다난하다. 그저 극단과 극단으로 중간성을 잃어버린 이 땅이다. 인간은 1937년을 목표로 일대 살육과 파괴를 하려고 준비를 한다고 한다. 타협, 평화, 자유, 인도 등의 고개는 벌써 옛날에 넘어버리고 지금은 제각기 갈 길을 밟지 않을 수 없게 되었다. 군축(軍縮)은 군확(軍擴)으로, 국제 협조는 국제 알력으로, 데모크라시는 파쇼로, 평화는 전쟁으로… 인간은 정반합의 변증법적 궤도를 여실히 밟고 있다.[23]

이처럼 가공할 제국주의의 팽창으로 간도가 이념 투구의 형장이 되는 현실을 강경애는 '가정 공어 맹호야(苛政 恐於猛虎也)-가렴주구하는 정치가 사나운 호랑이 보다 더 무섭다'라고 단적으로 표현하고 있다. 강경애 소설은 '가렴주구'의 원흉 즉 일제와 지배계급에 저항하다가 죽음을 당한 남성으로 인해 숱한 시련을 감내해야 하는 여성들의 수난에 각별한 관심을 기울이고 있다.

---

23 강경애, 「이역(異域)의 달밤」, 『신동아』 1933.12, 이상경 편, 앞의 책, 744쪽.

간도를 배경으로 하는 대부분의 강경애 소설에서 가족의 울타리이며 강력한 보호막인 아버지는 부재한다. 남성들은 이념 투쟁을 위해 집을 떠나거나 죽음을 당하거나 무능하다. 「모자」의 승호 아버지, 「어둠」의 영실이 오빠, 「소금」의 봉식이는 공산당에 투신했다가 죽음을 당하며, 「소금」의 봉식이 아버지는 공산당의 손에 죽고, 「어둠」의 영실이 아버지는 토벌작전에 희생되며, 「마약」의 보득 아버지는 도덕적 판단력을 상실한 마약중독자이다. 남성 부재는 가족의 해체와 여성의 비극으로 직결되며, 이는 국가 상실과 이념 충돌 등 당시 간도 피식민지 민중이 당면해야 했던 비극적인 현실을 의미한다. 강경애 소설은 남성 부재로 인한 가족 해체와 생존의 위기에서 가족을 지켜나가는 모성의 강인한 생명력을 구체적으로 보여준다.

「모자」는 공산주의 활동을 하다가 죽은 남편 때문에 살 길이 막막한 승호 어머니의 절박한 상황을 그리고 있다. 만주사변 전에는 '자기 남편을 하늘같이 떠받치었'던 시형이 사변이후에는 아우를 모욕하고, 객지에서 죽었다는 소식에는 오히려 좋아할 정도로 돌변하였다. 만주국을 건국한 일제는 이른바 '오족협화'를 내세우면서 모든 이념 투쟁을 불법화하고 대대적인 탄압과 회유책을 실행하였다. 이에 따라 항일투쟁은 전망을 잃고, 이주민 사회는 전향과 밀고, 상호 반목 등 내부 분열상이 극심해졌다. 승호 어머니가 친가뿐만 아니라 시형네로부터도 갈등을 빚고 냉대를 받는 상황은 이러한 사회상을 잘 반영하고 있다.

> 만주사변 전만 하여도 시형이 자기의 남편을 하늘같이 떠받치었으며 그래서 자기들까지도 시형이 군말 없이 생활비를 대주었던 것이

나, 일단 만주사변이 일어나고 그리고 이 용정 사회가 돌변하면서부터는 시형도 맘이 변하여 끔찍하게 알던 그 아우를 밤낮으로 욕질을 해가며 역시 자기네 모자를 한결같이 대하였다. 그래서 일절 생활비도 내주지 않는 까닭에 승호의 어머니는 남의 어멈으로 들어가게 되었던 것이다. 그리고 특히 일 년 전에 남편이 객지에서 죽었다는 기별이 왔을 때 시형은 오히려 좋아하는 눈치를 보였기 때문에 승호의 어머니는 있는 악이 치밀어서 큰 쌈을 하게 되었으며 그 후로는 발길을 아주 끊고 말았던 것이다.[24]

이처럼 만주사변 이후 간도는 이전과는 달리 항일투쟁에 대한 기대감을 잃고, 가족애마저 상실하는 '인심이 야박하고' '돈만 아는' 이기적인 사회로 변한다. 친가와 시가 모두로부터 박대를 받고 거처할 곳이 없어 혹한의 거리를 전전하는 승호 모자의 비극은 이러한 간도의 세태를 사실적으로 보여준다. 「모자」는 한계 상황에 처한 승호 어머니가 현실의 모순을 깨닫고, 아들을 통하여 삶의 의지를 확인하는 과정을 그리고 있다. 승호 어머니는 남편 때문에 시형과 반목하고, 남의 집 어멈으로 생계를 이어가지만, 아들이 백일해에 걸리자 해고되고, 살아갈 방도를 찾지 못한다. 그녀가 할 수 있는 것은 아들의 백일해가 '자기에게 옮아오도록 입술을 대고 흠뻑 빨아' 내는 것뿐이다. 오직 아들을 살리기 위해 마지막 기대를 안고 시형을 찾아가 도움을 청하지만, 폭언과 멸시를 받으며 쫓겨나자, 그녀는 울분과 절망 속에서 남편의 흔적이라도 찾으려고 산으로 들어가 눈 속을 헤맨다. 그녀는 죽음을 목전에 둔 상황에서

---

24 강경애, 「모자」, 이상경 편, 앞의 책, 550쪽.

현대소설의 공간

'우리는 아무리 살려고 갖은 애를 다 써도 결국은 못살게 되고 또 죽게 된다'는 남편의 말뜻을 비로소 깨닫고, '아들은 결코 자신과 같은 인간을 만들지 않으리라 결심한다.' 그리고 아들에게 '아버지가 못다 한 사업을 완성'하기를 굳게 바라고 믿으면서, 살아갈 의욕을 느낀다.

「소금」은 봉염이 어머니의 비극을 통해 폭력과 죽음이 난무하는 간도의 처참한 현실을 사실적으로 담아낸다. 봉염이네 가족은 고향에서 참봉영감에게 땅을 빼앗기고 간도로 이주하여 삶의 터전을 마련하였지만, 오히려 그곳은 자위단, 보위단, 공산당, 마적단들에게 번갈아가며 돈과 곡물을 강탈당하면서 매순간 생명의 위협을 느껴야하는 고국보다 훨씬 더 위험한 땅이었다. 뿐만 아니라 최소한의 생계에 필요한 소금조차 턱없이 부족하고, 아버지와 아들은 서로 다른 이념 때문에 반목하는 등 궁핍과 갈등이 심각한 곳이었다. 「소금」은 봉염이네 가족의 비극을 통해 정치, 경제, 이념의 대립과 충돌 속에 속수무책으로 파멸될 수밖에 없는 간도 민중들의 간고한 삶을 구체적으로 형상화하고 있다.

> 보위단들은 그들이 받는바 월급만으로는 살 수가 없으니 농촌으로 돌아다니며 한 번 두 번 빼앗기 시작한 것이 지금에 와서는 으레할 것으로 알고 아무 주저 없이 백주에도 농민을 위협하여 빼앗곤 하였다. 그러니 농민들은 보위단 몫으로 언제나 돈이나 기타 쌀을 준비해 두지 않으면 목숨이 위태한 것을 깨닫고 아무 것은 못하더라도 준비해두곤 하였다. 그동안 이어 나타난 것이 공산당이었으니, 그 후로지주와 보위단들은 무서워서 전부 도시로 몰리고, 간혹 농촌으로 순회를 한다더라도 공산당이 있는 구역에는 감히 들어오지 못하게 되었다. 그러나 시국이 바뀌며 공산당이 쫓기어 들어가면서부터 자×

단들이 나타나게 된 것이었다. 그는 그의 손톱을 바라보며 몇 번이나 보위단들에게 죽을 뻔하던 것을 생각하며 그나마 오늘까지 목숨이 붙어있는 것이 기적같이 생각되었다.[25]

인용문은 당시 간도의 혼란한 정세와 이주민들이 처한 열악한 생존 조건을 잘 보여주고 있다. 특히 공산당의 손에 무고하게 죽음을 당하는 아버지를 보면서도 끝내 집을 나가 공산당 활동을 하다가 공개 처형당하는 아들 봉식이, 남편을 죽음으로 내몬 장본인인 팡둥에게 의탁하여 살면서 팡둥의 아이를 임신한 채 내쫓겨 남의 집 헛간에서 딸을 출산하고, 딸들을 먹여 살리고자 남의 집 유모살이를 하는 동안, 정작 자신의 딸들은 모두 죽고, 급기야 소금밀매업자로 전락하여 체포되고 마는 봉식이 어머니의 비극은 폭력과 탈법, 죽음이 일상화된 피식민 민중의 비참한 현실을 집약적으로 드러내고 있다. 봉식이 어머니는 오직 가족을 살리겠다는 일념으로 가혹한 시련을 견뎌내고 종국에는 사회적 모순을 깨닫고 계급의식을 자각하게 된다. 그녀는 남편이 공산당의 손에 죽은 후, 아들의 행방을 찾기 위해 팡둥 집에서 경제적 착취와 성적 학대를 견뎌내고, 아들이 공산주의자로 사형당한 사실 때문에 내쫓긴 뒤에는 유모살이를 하면서 옷도 제대로 입지 못하고 딸들을 보러 밤길을 오가는 처절한 상황도 오로지 딸들을 위해 감내해낸다. 결국은 딸들마저 죽고, 호구지책으로 소금 밀매업에 손을 댔다가 체포되는 순간, 그녀는 계급의식에 눈을 뜨게 되는데 이는 아들에 대한 깊은 애정을 매개로 한

---

25 강경애, 「소금」, 이상경 편, 앞의 책, 492쪽.

다. 아들이 공산주의자라는 명백한 사실을 인정하지 않으며, 공산당은 자신의 원수라고만 생각했던 그녀가 계급적 자각을 하는 것은 아들에 대한 간절한 그리움과 깊은 관련성을 지니기 때문이다.[26]

「어둠」도 가혹한 식민통치가 가중됨에 따라 폭력이 난무하고 민심이 동요하는 간도의 암울한 정황을 보여주고 있다. 이 소설은 '기미년 토벌 난에 아버지를 잃고,' 유일한 희망이었던 오빠마저 공산주의자로 체포되어 사형당한 후, 믿었던 애인에게 배신당하는 불행 속에서 결국 정신 이상자가 되고 마는 영실이를 통해 증폭되는 이념 갈등의 폐해와 가족 해체를 극적으로 담아내고 있다. 영실이 어머니는 남편을 잃고 오직 자식들을 위해 힘겹게 살아가지만, 아들은 사형당하고 딸은 정신이상자가 되는 비참한 현실에 놓인다.

또한 「마약」은 마약중독자인 남편에 의해 매춘으로 내몰리는 보득이 어머니의 참담한 상황을 보여주는 소설이다. 보득이 아버지는 실직한 후 자살을 시도하고, 마약에 손을 대고. 상점에서 절도하다가 매를 맞는가 하면, 마약을 위해 아내를 중국인 진서방에게 팔아넘기는 파렴치한 인간으로까지 전락한다. 보득이 아버지는 실직과 마약 중독, 절도와 매춘 등 범법행위가 심각한 사회문제로 대두되었던 이주민 사회의 병리적 현상을 단적으로 대변한다. 그런데 보득 어머니는 남편이 자신을 진서방에게 팔아넘겼다는 사실을 알면서도 원망은커녕, '보득일 데리고 애를 태울' 남편을 걱정하면서, '보득이만 있다면 되놈에 집에서 되

---

26 정현숙, 「균열과 통합의 여성서사—강경애의 「소금」론」, 『한국문학이론과 비평』 38, 2008, 참조.

는 대로 지내리란' 생각까지 한다. 보득이 어머니는 아들에 대한 걱정 때문에 목숨을 걸고 탈출하다가 결국은 길에서 죽고 만다.

지금까지 살펴본 바와 같이 모성은 오직 가족을 위해 강한 힘을 발휘하며, 이를 통해 간도의 처참한 현실을 극복하고자 한다. 이러한 여성 서사는 가족주의적 모성을 잘 반영한다. 가족주의는 가족을 중심으로 삼는 주의 즉 가족을 어떤 집단보다 중요시하면서 그것의 유지 및 번영을 추구하며 가족의 질서를 다른 사회의 질서로 확대하는 태도 또는 가치 체계이며 가족을 옹호하고 강화하려는 보수적인 입장이 내포된 개념이다.[27] 이러한 가족주의적인 경향은 여성을 주인공으로 삼은 소설에만 국한되지 않는다. 「고뇌」와 「검둥이」는 혼란한 시국 상황 속에서 전망을 잃은 지식인의 내면을 다룬 소설인데, 이들 소설에도 가족주의에 대한 강한 지향이 내면화되어 있다.

「검둥이」[28]는 K선생을 통해 시국에 타협하지 않으려는 지식인의 갈등과 소신을 드러내는 소설이다. K선생은 '칠년 전 서대문 형무소에서 출감한 후' 간도로 이주하여 학교를 짓고 학생들을 가르치는 데 전념한다.

---

27 가족주의가 특정한 주로 봉건주의적 또는 중세적인 가족 형태와 가치를 전제하는 개념이라면 가족 이데올로기는 가족에 바탕을 둔 혹은 가족과 관련된 이데올로기라는 비교적 중립적인 개념이다. 가족 이데올로기는 특정한 대상에 한정하지 않고 가족 구성원 사이에 존재하는 정서적 권력적 관계와 그에 따른 행동양식 가치의식 등은 물론 나아가 그들이 가족 바깥의 사회와 인간관계까지 하나의 모델 또는 상징체계로서 작동되는 과정에 중점을 두는 개념이다. 최시한, 「가족 이데올로기와 문학연구─최서해의 「해돋이」를 예로」, 돈암어문학회 편, 『한국문학과 가족 이데올로기』 푸른사상, 2007, 13쪽.

28 이 소설은 『삼천리』(1938. 5)에 발표되었으며, 현재 1회분만 확인되고 있다.

그는 '날마다 검거사건이 일어 학생들이 잡혀가고', '목을 끌어매어 호흡조차 임의로 할 수 없는 듯한 이 현실에서 그나마 뜻을 버리지 않으려 애쓰지만', 초심을 잃고 시류에 영합하는 교장 때문에 학교생활은 더욱 힘들어진다. 교장으로부터 시국 연설을 부탁받은 K선생은 심각한 고민에 빠지지만 몸이 아프다는 핑계로 거절하고, '직접 나가 싸우지 못한들 그 어찌 양심에 없는 일이야 할 수 있겠냐면서 다시 한 번 교사로서 충실할 것을 다짐한다. K선생이 극도의 내적 갈등에 시달리고 깊은 절망감에 빠지면서도 꿋꿋하게 자신의 의지를 펼칠 수 있는 것은 가족으로부터 큰 위로를 얻기 때문이다. K선생은 어린 자식과 헌신적인 부인으로부터 현실을 극복할 수 있는 힘을 얻는다.

또한 「번뇌」는 공산주의자로 8년 동안 수감되었던 R이 이전과는 전혀 다른 용정의 세태와 민심에 좌절하면서 내적 갈등에 빠지는 이야기이다. 큰 기대를 안고 출감한 R은 돈벌이에 여념이 없거나, '영사관 순사'가 된 과거의 동지들에게 크게 실망하고 간도를 떠나려고 하지만, '국경 수비가 심하여' 아무 곳에도 갈 수가 없다. 교사로 취직한 R은 아직도 수감 중인 동지의 집에 머무르면서 아들의 출감을 학수고대하는 노모에게 봉급을 갖다드리고 집안 일을 돕는 등 가족처럼 지내다가 동지의 아내를 사랑하게 되면서 심한 자괴감에 빠지게 된다. 소설은 화자인 '나'에게 R이 자신의 고뇌와 심경을 고백하는 내용을 중심으로 진행되며, 결국은 R이 사랑을 스스로 포기하는 것으로 소설이 끝난다. 이러한 R의 서사는 이념 투쟁으로 인한 가족 해체의 비극과 가족주의에 대한 강한 동경이 내재되어 있다.

그동안 이러한 여성의식은 보수적이고 가부장적인 여성성을 드러낸

것으로 해석되어 왔다. 강경애의 작품들 속에서 계급주의 이념은 남성 의존적이거나 가부장적인 여성의식과 공존하고 있으며, 이것은 계급주의의 이념적 간섭 이전에 이미 작가의 여성인식이 가부장 체제의 성 담론을 별다른 저항 없이 내면화하고 있다는 데서 비롯된다는 것이다.[29] 또한 강경애 소설들 특히 「소금」은 사회주의에 대한 뚜렷한 지향[30]을 보인 것으로 평가받아왔다. 실제로 승호 어머니와 봉식이 어머니의 여성서사는 사회적 모순을 체험하면서 계급적 자각에 이르는 과정을 구체적으로 보여준다. 하지만 이들 여성의 계급의식은 사회주의 이데올로기를 추수하기보다 강한 모성애를 매개로 하며 폭력적인 현실에서 가족을 보호하고 살아남기 위한 생존의 방식일 뿐이다. 여성들은 숱한 시련을 겪으면서 계급적 자각에 이르지만, 그것은 계급주의의 정당성을 입증하거나 치열한 투쟁의지를 내보이기보다는 가족을 파괴하는 세력에 대한 자연발생적인 저항의지를 드러내는 것이기 때문이다. 여성들의 자각이 소설 말미에 우발적으로 발생하여 내적 필연성이 결여되고 비약적인 경향이 다분한 것은 이를 잘 반영하고 있다.

강경애 소설은 사회주의자가 주인공으로 등장하고 그의 이념적 실현을 그려내는 것이 아니라, 사회주의자의 남겨진 가족들의 이야기이다. 이 소설들이 사회주의를 내면화하고, 그에 동조하고 있다 하더라도 여성서사는 이데올로기보다는 가족주의를 구체화하는데 초점이 놓여 있다. 전술한 바와 같이 강경애 소설에서 모성은 본능적이고 맹목적이며

---

29 박혜경, 앞의 글, 258쪽.
30 이상경, 앞의 책, 86쪽.

현대소설의 공간

생명력을 지니고 있으며, 여성들의 계급적 자각은 이러한 데에서 출발한다. 여성들의 계급의식은 사회적 모순에 대한 이념적 접근이 아니라 절박한 생존의 문제로 귀결되는 것이다. 즉 이들의 계급주의는 이념의 문제라기보다는 생존의 문제인 것이다. 자식과 자신을 구별 못하고 맹목적으로 자식과 가족을 보호하려는 모성은 1930년대 일제가 요구했던 군국주의 모성, 즉 국가의 이익을 위해 아들을 전사(戰士)로 키워 전사(戰死)시키기 데서 의의를 찾는 공적이고 현명한 모성[31]과 비교할 때, 결코 간과할 수 없는 여성의식이라고 볼 수 있다. 그것은 강경애 소설의 여성들은 가혹한 식민주의가 초래하는 가족 해체에 저항하는 탈식민주의 인식을 내면화하고 있기 때문이다.

즉 강경애 소설의 여성들은 자기희생과 조력자라는 전통적인 여성의식과 수동성을 드러내기도 하지만, 동시에 억압받는 피식민지 민중과 계급의 구성원이라는 자각을 통해 현실의 모순을 인식하고, 이를 극복하고자 한다. 여성들의 자각과 전망이 비록 소설 결말에 우발적으로 개입하고 모호함을 동반하는 것이 사실이다, 그런데 주목할 것은 여성들이 단순히 혹독한 식민주의와 견고한 가부장적 질서의 희생자에 머무르지 않고 비극적인 현실에 대한 구체적인 현실인식을 드러내며, 이에는 강한 모성애와 가족주의가 내재되어 있다는 점이다.

---

31 이상경, 앞의 책, 86쪽.

4. 결론

　지금까지 이 글은 강경애 소설에 반영된 간도 디아스포라의 의미를 밝혀보고, 이를 통해 독특한 여성의식을 살펴보았다. 본고가 간도 디아스포라에 주목하는 이유는 강경애 소설은 이주로 인한 가족의 해체와 아버지의 부재 그리고 가족주의와 모성 등에 각별한 관심을 보이는데, 이는 식민지의 국가 상실과 탈식민주의의 맥락에서 좀 더 상세히 살펴봐야 하는 문제적인 시각이기 때문이다. 강경애 소설에서 간도 서사는 크게 두 가지 특징을 드러낸다. 하나는 지식인의 자아 성찰의 서사이고, 다른 하나는 폭력적인 현실에서 가족을 보호하고 살아남기 위한 모성의 생존 서사이다. 「동정」 「유무」 「그 여자」 「원고료 이 백 원」 등은 전자를 대표하고, 「소금」 「모자」 「어둠」 「검둥이」 등은 후자를 대표하는 소설이다.

　우선 강경애에게 있어서 간도 디아스포라는 작가로서의 책무를 확인하고 전망을 드러내는 구심체였다. 간도 체험을 소설화한 작품에서 강경애는 민중과 지식인의 간극, 지식인의 이중적인 의식 등을 문제 삼으면서 작가 자신의 자의식을 진솔하게 드러내고 있다. 강경애는 간도의 가혹한 현실을 직접 체험하면서 자신이 입으로만 민중의식을 떠들어대는 것은 아닌지에 대해서 늘 자각적이었고 준엄한 자기비판과 성찰에 충실하였던 것이다.

　또한 간도의 혼란한 정세를 배경으로 하는 소설들은 대부분 가족의 울타리이며 강력한 보호막인 아버지는 부재한다. 남성들은 주로 항일 투쟁에 나섰다가 사형을 당하거나 좌절하는 인물들이다. 「소금」의 봉식이, 「모자」의 승호 아버지, 「어둠」의 영실이 오빠는 공산당에 투신했다가 죽음을 당하며, 「번뇌」의 R, 「검둥이」의 K선생은 출옥한 후 내적 방황과 깊은 절망감에 빠져 있다. 또한 「마약」의 보득이 아버지는 아내를 매춘으로 내모는 마약중독자다. 이들은 피식민지 민중이 직면하였던 이념적인 갈등과 민족적인 비극을 집약적으로 반영한다. 강경애 소설은 남성 부재로 인한 가족 해체와 생존의 위기에서 가족을 지켜나가는 모성의 강인한 생명력에 서술의 초점이 놓여 있다. 여성들은 숱한 시련을 겪으면서 계급적 자각에 이르는데, 그것은 계급주의의 정당성을 입증하고 사회주의 이데올로기를 지향하는 것이라기 보다는 가족을 파괴하는 세력에 대한 본능적인 저항의지를 표출하는 것이라는 점에 주목할 필요가 있다. 이들 여성은 계급의식을 내면화하기는 하지만 그것은 지배계급을 전복시키려는 노력이 아니라 폭력적인 현실에서 가족을 보호하고 살아남기 위한 강인한 모성의 생존의지이다.

현경준의 「마음의 금선」론

1. 서론

이 글은 현경준(1909~1950)의 「마음의 금선」(1943, 홍문서관)에 나타난 탈식민주의 시각을 살펴보고자 하는데 목적이 있다. 현경준은 안수길, 강경애 등과 더불어 재만 조선인 문학[1]의 대표적인 소설가이다. 그는 1934년 장편소설 『마음의 태양』이 『조선일보』 현상 모집에 당선되면서 등단하였으며, 만주에서 활발한 창작 활동을 하다가 해방 이후 곧 귀향하여, 함경북도 예술공작단 단장, 문학동맹 함경북도 위원장 등을 역임하였고, 6·25전쟁 때 종군 기자로 활약하다가 전사하였다. 현재

---

1   이 글에서 재만조선인문학은 만주에 거주하면서 작품 활동을 전개한 작가들의 작품으로 한정하고자 한다. 일시적으로 만주에 체류하고 그 경험을 형상화한 작품들은 재만조선인문학에 포함시키지 않는다.

현경준에 대한 작품 연보가 정확하게 작성되지 않았지만, 본격적으로 작품 활동을 전개한 10여 년 동안 그는 「탁류」(『조선중앙일보』 1935. 9. 17), 「유맹」(『광업조선』 1939. 3), 「사생첩 제3장」(『문장』 1941. 2) 을 비롯하여 30여 편의 장·단편소설을 발표한 것으로 알려져 있다.[2]

그동안 현경준 소설은 주로 재중조선족 학자들에 의하여 주목받아왔으며,[3] 국내에서는 간도문학에 대한 논의[4]와 친일문학, 국책문학과 관련하여 「유맹」 『마음의 금선』을 분석한 논의[5] 등이 있지만, 아직까지 기초적인 연구조차 진행되지 않고 있다. 그것은 현경준이 주로 만주에서 활동하다가 북한으로 돌아갔기 때문에 자료 수집이 용이하지 않을 뿐만 아니라, 그동안 재만 조선인 문학과 북한문학에 대한 연구가 미진하였기 때문이다.

이 글에서 좀 더 관심을 기울이고자 하는 점은 만주국 건국 이후에 발

2 지금까지 알려진 작품으로는 장편소설 『마음의 태양』 『선구시대』 『돌아오는 인생』, 중단편소설 「향약촌」 「마음의 금선」 「인생좌」 「불사조」 「유맹」 「격랑」 「젊은 꿈의 한토막」 「명암」 「귀향」 「탁류」 「그늘진 봄」 「별」 「저물어 가는 거리」 「명일의 태양」 「조고만한 삽화」 「출범」 「사생첩」 「밀수」 「벤도바고 속의 금괴」 「오마리」 「소년록 제1장」 「퇴조」 「야우」 「사생첩 제2장」 「첫사랑」 「사생첩 제3장」 「길」 등이 있다.

3 대표적인 논고로는 차광수(2005), 「현경준연구」, 한림대학교 박사학위 논문 ; 장춘식 (2001), 「현경준 소설연구」, 전북대학교 석사학위 논문 등이 있다.

4 오양호(1988), 『한국문학과 간도』(문예출판사) ; 채훈(1990), 『일제강점기 재만 한국문학』(깊은샘).

5 대표적인 논고로는 이선옥(2004), 「'협화미담'과 '금연문예'에 나타난 내적 갈등과 친일의 길」 ; 김재용 외, 『재일본 및 재만주 친일문학의 논리』(도서출판 역락) ; 조진기 (2002), 「만주이주민의 현실왜곡과 체제순응—현경준의 『마음의 금선』에 대하여」 『현대소설연구』 17호 등이 있다.

표된 「마음의 금선」에 나타난 탈식민주의 시각과 양상을 구체적으로 밝혀보고, 이를 통해 재만 조선인 문학의 문학사적 의의를 짚어보고자 하는 것이다. 논의 대상을 「마음의 금선」으로 한정하는 것은 이 작품이 만주국 건국 이후의 이주민 사회의 실상을 사실적으로 드러냄으로써 재만 조선인 소설의 중요한 일면을 반영하고 있기 때문이다. 만주국 건국 이후는 만주국 정책에 대한 수용과 부정이라는 모순적인 상황이 그 어느 때보다 심각하게 대두되었으며, 현경준 소설은 이러한 역사적 특수성에 대한 독특한 시각을 구체화하고 있다.

그동안 「마음의 금선」에 대하여 체제 순응적인 작품이라는 평가[6]가 있어 왔는데, 이는 재고되어야 할 것이다. 왜냐하면 재만 조선인 문학[7]은 단순히 친일/저항의 이분법적 시각으로 평가하기 어려운 면이 있기 때문이다. 요컨대 재만 조선인 문학이 만주국 정책에 대한 수용과 저항, 일제의 식민지 정책과 탈식민주의라는 공존하기 어려운 특수한 역사적 상황 아래 생성된 문학이다. 따라서 재만 조선인 문학을 국책문학, 친일문학, 민족문학이라는 측면에서 논의하는 것은 작품에 대한 온

---

6 조진기, 앞의 글.

7 재만조선인문학을 한국문학사에 수용시킬 것인가 아니면 재중조선족문학사에 귀속시킬 것인가 하는 문제에 대하여 국내 학자들과 재중 조선족 학자들 사이에 견해의 차이가 있다. 재중조선족 학자들은 재만조선인문학을 한국문학사와 다른 영역으로 규정하고자하는 반면, 국내 학자들은 일제 강점기 식민주의와 탈식민주의의 문학적 양상을 살펴볼 수 있는 작품으로 보고자 한다. 뿐만 아니라 아직까지 재만조선인문학은 명칭, 개념, 범주, 시기 등 기본적인 문제에 대해서도 논란이 제기 되고 있다. 필자는 해방 이후 재중 조선인 문학에 대해서는 더 많은 논의가 필요할 것이나, 일제 강점기 재만조선인문학은 한국문학사에서 논의되어야 한다는 입장에서 논의를 전개하고자 한다.

당한 이해와 평가보다는 추상적인 것에 머무를 가능성이 크다. 무엇보다 재만 조선인 문학을 이해하고 정당하게 평가하기 위해서는 그 문학이 지닌 역사적 상황을 정확하게 이해해야 할 것이다. 문학 활동이 만주국의 문화 정책에서 벗어날 수 없었다는 당시 현실을 고려할 때, 국책문학이냐 아니냐를 규정하는 것은 무의미한 공론에 그칠 수도 있다. 무엇보다 재만 조선인 문학에서 주목할 것은 식민지 피지배민과 이주민, 일제와 중국의 정치적인 책략이라는 이중적 난관에 직면한 재만 조선인의 삶의 지평은 본토 백성들과는 상당히 다르다는 점이다. 그들은 식민지 질곡뿐만 아니라 이주민으로서 이국땅에 정착해야 하는 현실적인 문제 또한 절실한 명제였다. 「마음의 금선」이 문제적인 것은 이러한 이주 조선인 사회의 복합적인 양태를 정직하게 담아내고 있기 때문이다.

2. 재만 조선인 소설의 특수성과 탈식민주의

1) 만주 이주와 재만 조선인

재만 조선인 문학은 일제의 식민지 정책과 만주 이주라는 우리 민족의 비극적인 역사적 상황 속에서 생성되었다. 따라서 재만 조선인 소설을 온당하게 평가하기 위해서는 우선 재만 조선인과 재만 조선인 문학이 지닌 역사적 특수성에 대한 이해가 전제되어야 한다.

1870년대부터 본격화된 조선인들의 만주 이주는 1910년대에 이르러

龍井村, 南陽坪 등지에 조선인 중심 도시가 형성되고 상업자본도 발달할 정도로 확대되었다. 조선인들의 이주는 주로 동만 지방에 집중되었는데, 이 지역은 중국 본토와 거리가 먼 오지였으며, 러시아가 동북아시아 진출의 발판으로 삼고자 여러 차례 영토분쟁을 일으킨 곳이기도 하였다. 중국은 러시아의 영토 침입을 막고 황무지를 개간하고 세원(稅源)을 확보한다는 현실적인 요청에 따라 조선인들의 이주를 적극적으로 수용하였다. 특히 조선인들의 수전(水田) 농사는 경제적인 이윤이 컸던 만큼, 중국 지주들은 조선인의 이주 정착에 호의적이었지만, 중국인 원주민들은 자신들의 농업에 치명적인 영향을 주는 조선인들에게 배타적이었다.

또한 1909년의 간도협약, 1915년의 만몽조약, 1925년의 삼시(三矢)협정 등으로 이어지는 중국과 일본의 이주 조선인에 대한 지배 정책의 강화에 따라, 이주민들은 생존 위기에 봉착한다. 간도협약이 체결될 즈음부터 이주민들은 중국과 일본의 이중 통치를 받았으며, 만몽조약 이후부터는 재만 조선인의 이중국적 문제가 본격적으로 제기되면서, 중국과 일본의 대립은 조선인들을 무국적자로 만들었기 때문이다. 일제는 중국으로 귀화한 한인도 자신의 신민이라고 간주하며 한인이 중국에 귀화하는 것을 인정하지 않으면서 만주 전역에서 영사재판권을 행사하려고 하였으며, 중국 당국의 조선인에 대한 압박도 더욱 강화되었다.

이러한 상황에서 중국과 일제는 각각 이주 조선인들에게 통제와 이용의 방식을 적절히 활용하였다. 중국은 조선인들을 이용하여 황무지 개척과 수전 경작의 이윤을 추구하는 한편, 조선인들을 앞세운 일제의 영향력을 차단하기 위하여 철저하게 통제하였다. 일제 역시 조선인들을 이용하여 중국에서의 영향력과 경제적인 이윤을 추구하는 한편, 항일 운동 단체와의 관련을 차단하기 위하여 호구조사라는 명목으로 이주 조선인들의 동향을 파악하고 억압하였다. 요컨대 조선인은 이주민과 피지배민이라는 이중의 억압 속에서 그들의 생존권은 양국의 정치적, 경제적인 책략에 따라 좌우되었다. 또한 중국인 사이에 민족주의 정서 가 고조되기 시작하면서, 실제로 항일적인 성향의 중국인 관리들은 이 주 조선인을 구축하는 경우도 빈번히 발생하였을 뿐만 아니라,[8] 이른바 '만보산 사건'과 같은 충돌이 빈번하게 일어났다.

그런데 만주국 건국 이후 재만 조선인들의 생존 조건은 또 다른 국면 에 직면한다. 만주국 당국은 '오족협화'를 내세우면서 새로운 정치 체제 를 구축하였는데, 이는 명목상일 뿐 실질적으로 조선인들은 이주민과 피지배민이라는 이중성과 혼란이 가중되었던 것이다. 이른바 '치외법 권'은 비록 조선인이 일제의 식민이라는 것을 전제한 것이지만, 현실적 으로 이주민들이 최소한의 법적 보호를 받을 수 있는 유일한 보호막이 었다. 그런데 만주국 건국 이후 '치외법권'이 철폐함에 따라 조선인들은 이전보다 더 혼란한 상황에 놓이게 되었으며, 일제가 표방한 개척 이민 에 따라 이주민들이 급격히 증가하면서 갖가지 사회 문제들이 발생하 였다.[9] 또한 식민체제가 강화되면서 항일투쟁 노선도 이념 갈등과 대립

---

8 신주백, 『만주지역 한인의 민족운동사(1920~1945)』, 아세아문화사, 1999, 27~39쪽.

9 1930년대는 일제의 탄압이 가속화되고 개척이민정책이 본격화되면서 만주로 이주하 는 조선인들이 급증하였다. 1933년에 67만 4천여 명이었던 이주민 수가 1936년에 88 만 8천여 명으로 증가하였다. 고승제, 『한국이민사연구』, 장문각, 1973, 95쪽 참조.

양상을 보이고, 조선의용군과 광복군으로 분열되면서 조선인 사회 내부에서도 반목이 증폭되었다.

이러한 상황에서 조선 이주민들은 '협화정신'을 내세우는 만주국 정책과 민족 단위의 생존 방식이라는 딜레마에 빠질 수밖에 없었다. 무엇보다 만주국 정책에 대한 동조나 체제 순응 여부를 검토할 때에 본토 조선인의 시각과 만주에 이주한 재만 조선인의 시각이 다르다는 것을 이해해야 한다. 그것은 만주국의 건국 이념인 '오족협화'를 수용하는 것과 조선에서 강요되던 '내선일체'를 수용하는 것 사이에는 커다란 차이가 있기 때문이다.[10]

2) 재만 조선인 문학과 탈식민주의

재만 조선인 문학에 대한 해석과 평가도 이러한 구체적인 상황을 고려하는 것이 무엇보다 중요하다. 재만 조선인 문학을 어떻게 해석하고 평가할 것인가 하는 문제는 한국문학사에서 몇 가지 중요한 의미를 지닌다. 첫째는 민족문학 또는 친일문학과 관련한 문제이다. 그동안 재만 문학에 대해서는 민족문학적인 측면이 강조되어 왔으며, 저항/친일의 이분법이 중요한 평가 기준으로 제시되었다. 둘째는 재외 한인문학의 한국문학사 포함에 관한 문제이다. 이는 앞으로 좀 더 깊이 논의되어야 할 것이다. 그동안 몇몇 학자들의 노력에도 불구하고 한국문학사

---

10 한수영, 「친일문학 논의와 '재만조선인문학'의 특수성」, 김재용 외, 앞의 책, 2004, 121~124쪽.

는 여전히 남한문학사에 그치고 있다. 북한문학과 더불어 최근 재외한 국문학에 대한 관심이 활발한 것은 이들 문학을 한국문학에 수용하여 보다 온전한 한국문학사를 구축하려는 의지를 반영한 것이다. 그런데 이 두 문제는 좀 더 다양한 측면에서 논의되어야 할 과제를 안고 있다. 우선 전자와 관련하여 주목할 것은 과연 일제강점기 재만 문학에 대해 서 친일 문학/저항 문학의 평가 잣대가 온당한가 하는 문제이고, 후자 는 한국문학사에 포함시키는 재중한국문학의 범주는 어디까지이며, 또 그 기준은 무엇인가 하는 문제이다. 앞에서 언급하였듯이 이 글은 전자 와 관련한 문제를 논의하고자 하며, 재만 조선인 문학은 친일과 저항의 이분법적 잣대 너머에 있다는 전제로부터 출발한다.

　안수길, 강경애, 현경준, 김창걸, 신서야 등 재만 조선인 문학의 대표 적인 작가들은 이주민들의 생존 조건을 다양한 국면에서 형상화하고 있다. 특히 현경준은 당시 재만 조선인 문학의 대표적인 작가로서 이주 조선인 문학의 지향점을 명료하게 제시하고 있다. 현경준은 「문학풍토 기-간도편」(『인문평론』 1940.6)에서 재만 조선인 문학이 '눈물의 기록이 라기 보담 피의 기록'이라고 단언하면서, 당시 일제 당국에 의해 실시되 었던 만주 시찰과 국책문학에 대하여 다음과 같이 지적하고 있다.

　　「민성보」 시대로부터 「북향」에 이르기까지 조선유민들의 가지각 　　색 희비극을 노래하고 또는 노래하려고 애쓴 그 작품들속에서 우리 　　는 역역히 금일의 상징을 엿볼 수가 있다. …(중략)… 이러한 것을 털 　　끝만큼도 모르면서 「간도에도 조선문학이라는 것이 있었든가」하면 　　서 자기야말로 가장 위대한 작가인체 자처하는 그들을 볼 때 우리는 말할 수 없는 비애를 느낀다. 그런 인간들이 시국의 바람에 불려 밀월여행이나 하듯이 호화로운 차림으로 만주에 들어와서는 닫은 차창으로 황량한 벌판을 훑어보고 어느 거리의 뒷골목 꾸냥이나 찾아본 후 가장 엄숙한 노래나 읊은 듯이 뽐내게 되니 그 어찌 한심한 일이 아니랴. 이런 예는 수없이 보지만 그 중에서도 심한 것이 장혁주라 생각한다 …(중략)… 지금 조선일보에 연재중인 「대지의 아들」에 대하여도 이기영 씨에게는 대단히 미안한 말이지만 우리는 처음부터 기대를 가질 수가 없었다. 겨우 이십여일의 만주시찰에서 「대지의 아들」이 나오리라고 기대한다는 것은 문학의 ABC도 모르는 얼간들의 철없는 생각이 아니고 무엇이랴? 이씨는 만주를 모른다. 산도 물도 사람도 모른다.[11]

인용문에서 보듯이 현경준은 만주가 단순한 지정학적인 공간이 아니라 우리 민족의 비극적인 역사의 공간이기 때문에 단기적인 시찰로 결코 이해할 수 없으며, 만주의 삶을 담아내는 문학 역시 국책문학의 차원일 수 없음을 강조하고 있다. 비극적인 역사를 생생하게 삶으로 체험하는 이주자 내부의 시각과 표면적인 것에 주목하는 정책적 시찰자의 시각은 전혀 다른 것임을 밝히고 있는 것이다.

이러한 관점은 재만 조선인 문학의 본질을 파악하는 데에 중시해야 하는 대목이다. 재만 조선인 문학이 시작된 것은 1910년대이지만 본격적으로 문단을 형성하고 활발하게 창작활동을 전개한 것은 1930년대이다. 이 시기는 문학 동호회 〈북향회〉(1932)가 결성되고, 첫 동인지『북

---

11 현경준, 「문학풍토기-간도편」, 연변대학조선언어문학연구소편『중국조선민족문학대계 9-소설집 현경준』, 1940, 743~746쪽.

향』(1935)과 『만선일보』(1937)가 창간되는 등 다양한 발표 지면이 마련되었으며, 또한 일제의 탄압과 검열이 강화됨에 따라 국내의 많은 문인들이 만주로 이주하여 창작 활동을 지속하였다. 특히 『만선일보』는 신춘문예 현상 모집을 통해 새로운 작가를 발굴하는 한편, 안수길, 현경준, 박영준, 황건, 신서야, 심연수 등 기성 작가의 작품을 발표하고, 재만 조선인 작품집 『싹트는 대지』(만선일보사, 1941)를 간행하는 등 이른바 '망명문단'의 중심 역할을 담당하였다.

그런데 주지하는 바와 같이 『만선일보』는 일종의 만주국 기관지로서, 만주국의 건국이념과 정책에 대한 홍보를 담당하였으며, 모든 문예활동은 만주국의 통제 아래 놓여 있었다. 예컨대 '만선일보사'에서는 '오족협화'와 '왕도낙토'를 고무, 홍보하기 위해 정기적으로 협화 미담, 금연, 군가, 개척가사 등을 현상 모집하고, 당선작에는 고액의 상금[12]을 주는 등 국책문학을 적극적으로 장려하였다. 즉 당시 재만 조선인 문학은 만주국의 문예정책 아래 문단을 형성하고 문학 활동을 전개할 수밖에 없었던 것이다. 자명한 사실이긴 하지만 만주국 정책 아래 발표된 작품들이 모두 친일문학이라고 할 수 없다.[13]

재만 조선인 문학이 처한 특수한 상황에 대한 정확한 이해는 재만 조선인 문학을 평가하는 중요한 출발점이다. 즉 당시 재만 조선인 작가들의 중요한 발표지인 『만선일보』가 만주국 국책 사업의 홍보 매체였으며 동시에 이주 조선인 작가들이 한글로 작품을 발표할 수 있었던 유일

---

12 오양호, 『일제강점기 만주조선인문학연구』, 문예출판사, 1996, 142~143쪽 참조.

13 이에 대해서는 이선옥, 「'협화미담'과 '금연문예'에 나타난 내적 갈등과 친일의 길」, 김재용외, 앞의 책, 2004, 93~116쪽 참조.

한 매체였다는 사실은 재만 조선인 문학을 이해하는데 간과할 수 없는 사실이다. 또한 '오족협화'를 추구하는 만주국 당국과 '내선일체'를 강조하는 조선총독부와의 알력과 갈등의 틈바구니에서 재만 조선인들은 민족 단위의 존속을 위해서라도 '내선일체'보다는 '오족협화'에 더 무게 중심을 둘 수밖에 없었으며,[14] 재만 조선인 문학은 이러한 이중적이고 이율배반적인 상황 아래 전개되었다는 사실 역시 주목해야 할 대목이다. 그러므로 재만 조선인 문학은 친일문학이냐 민족문학이냐의 이분법적인 평가가 아니라, 만주국 정책에 대한 수용과 부정이라는 모순과 이중성이 어떻게 반영되어 있으며, 그것의 문학적 함의와 의의를 어떻게 평가할 것인가는 하는 문제를 좀 더 면밀히 살펴보는 작업이 필요하다. 이 과정에서 재만 조선인 문학의 문학사적 의의와 탈식민주의 시각이 보다 분명하게 드러날 것이다.

재만 조선인 문학의 탈식민주의 시각은 이념 갈등을 부각시키거나 만주국 정책과 민족 단위의 생존이 대립, 상충하는 지점에 은밀히 내재되어 있는 특징이 있다. 강경애의 작품은 전자를, 안수길의 작품은 후자를 각각 대표한다고 볼 수 있다. 「소금」은 이념적 대립과 이주민의 비극적인 실상을 통해 탈식민주의 시각을 드러내고 있으며, 「목축기」 「토성」 『북향보』 등은 만주국 정책에 대한 이중적인 태도와 강한 정착의지를 통해 그러한 태도를 내보이는 대표적인 작품이다.[15] 현경준은 두 가지 관점을 모두 포함하면서 이주 조선인의 간고한 삶과 탈식민주의 의

---

14 한수영, 앞의 글, 138쪽.

15 이에 대한 상세한 논의는 정현숙, 「안수길의 『북향보』론」, 『한국언어문학』 54집, 2004 참조.

식을 폭넓게 포착하고 있다는 점에 주목되는 작가이다. 이를 좀 더 구체적으로 살펴보기로 한다.

3. 현경준 소설에 나타난 이주민의 실상

현경준은 1937년 만주로 건너가 1945년 해방 이후 귀국하기까지 재만 조선인들의 삶을 다양한 국면에서 담아낸 일련의 작품을 발표하였다. 그의 소설이 친일 국책문학이라는 평가[16]가 있는가 하면 그의 작품세계는 만주국 정책 이면을 통해 지배이데올로기에 포섭되지 않는 삶의 현실을 재현하고 있다[17]는 평가도 있다.

현경준 소설은 1937년 만주 이주를 기점으로 전·후기로 나누어질 수 있다. 『마음의 태양』 「격랑」 「출범」 「명일의 태양」 「명암」 「귀향」 「탁류」 「조그마한 삽화」 「향약촌」 등 전기 소설은 식민지 현실의 모순과 이를 극복하려는 사회운동가의 투쟁의식을 계급투쟁의 관점으로 담아냄으로써, 당시 평자들로부터 프로 문학의 명맥을 이어갔다는 평가를 받았다.[18] 「밀수」 「퇴조」 「야우」 「사생첩」 「사생첩 제2장」 「사생첩 제3장」 「길」 「인생좌」 「별」 『선구시대』 『돌아오는 인생』(「유맹」 「마음의 금선」) 등 후기소설은 이주 조선인들의 척박한 이주사와 무력한 지식인의 내

---

16 조진기, 앞의 글, 참조.
17 김재용, 「중일전쟁 이후 재일본 및 재만주 조선인 문학의 분화와 식민주의 협력」 김재용 외, 앞의 책, 53쪽.
18 차광수, 앞의 글, 2005, 142쪽.

적 갈등을 형상화하고 있다. 만주 이주 후에 발표한 소설이 이주민들의 생존양식을 집중적으로 문제 삼고 있기는 하지만, 일제 강점기의 민족적인 비극과 저항의지를 담아낸다는 점에서 전·후기 소설이 동일한 맥락에 놓여 있다.

현경준 소설은 재만 조선인의 실상을 통해 만주국 정책의 허구성과 이면을 비판적으로 드러내면서 이에 대한 저항의지를 내보인다. 「사생첩」(『광업조선』 1938. 6), 「사생첩 제2장」(『만선일보』 1940. 8. 31~9. 1), 「사생첩 제3장」(『문장』 1941. 1), 「밀수」(『비판』 1938. 7), 「별」(『조선문학』 1937. 5), 「길」(『춘추』 1941. 6) 등이 그 대표적인 작품들이다. 모든 문학 활동이 만주국의 통제 아래 전개될 수밖에 없었던 당시 상황을 고려할 때, 현경준 소설의 탈식민주의 시각은 좀 더 면밀히 살펴볼 필요가 있다.

「사생첩」 연작은 만주 이주민들의 이주 과정을 생생하게 그림으로써 조국을 등지고 만주로 이주해야 하는 당시 민족의 현실과 이주 정책의 이면을 드러낸 작품들이다. 특히 「사생첩 제3장」은 희망을 안고 만주에 이주하는 금순이 가족이 출발에서부터 만주에 도착하는 과정에서 겪는 불행을 통해 사기와 협잡이 난무하는 민족 내부의 문제와 당시 당국이 대대적으로 홍보하는 이주 정책의 허구성을 드러내는 작품이다. 이 소설은 차표를 동족에게 사기당하고 종국에는 막내딸을 볼모로 잡히고 떠나야 하는 절망적인 상황에 처한 할아버지의 절규, 도문역에 도착하자마자 벌어지는 살벌한 검색 등을 통해 이주 조선인의 비극적인 이주과정을 사실적으로 그리고 있다.

차내의 검색이 다시금 맹열하게 시작된다.

일본국 세관리, 만주국 세관리, 경찰서원, 경호대원, 헌병, 철도국
원까지 한데 덥쳐서 그야말로 물샐틈없는 경비망이다.

손님들의 표정은 말할 수 없이 근심스러워진다.

몇몇 협의자들이 알 수 없는 곳으로 끌려간다.

그럴때마다 여럿의 얼굴은 극도로 창백하게 질려진다.[19]

위의 인용문에서 보듯이 이주민들은 중국에 도착하자마자 '물색 틈
없는 경비망'에 걸려 인간 이하의 대접을 받는다. 이주민들을 범죄인으
로 예단하는 만주국과 일본당국의 관리들은 당시 이주 조선인이 직면
한 생존 조건과 위기의식을 잘 반영하고 있다. 고향을 등지고 살길을
찾아 멀리 이국땅을 찾아온 이주민들에게 만주는 기회의 땅이 아니라,
생존이 초미의 관심사인 공포의 공간일 뿐이다. 이를 통해 현경준은 대
대적으로 '왕도낙토'를 홍보하면서 만주 이주를 독려하는 당시 일제의
식민주의 정책을 부정하고 있는 것이다.

작가의 체험이 반영된 것으로 보이는 「밀수」 「별」 「길」은 만주에 정
착한 이주민들의 현실을 구체적으로 드러내면서 이에 대한 저항의식을
담아내고 있는 작품이다.

① 「이것은 내가 항상 너희들에게 들려주는 것인데 아직도 내말을
듣지 않고 학교에다가 더러운 점을 찍어주는 사람이 많단 말이다. 특
히 밀수에 관해서는 거의 애원하다시피 타일러왔는데도 불구하고 이

---

19 현경준, 「사생첩 제3장」, 『중국민족문학대계 9』(흑룡강조선민족출판사), 378쪽.

렇게 또 밀수하다가 발각되어 학교 명예를 손상시킨 학생이 있단 말이다」

순간 중대가리들의 얼굴에는 그 무슨 어두운 빛깔이 언뜻 떠오르는 것 같았으나 이내 제대로 되돌아져버리고 여전히 멍-하니 허공을 바라본다.

K의 음성은 점점 침통하여간다.

이곳은 두만강의 허리띠 같은 강폭을 사이에 두고 조선을 눈앞에 마주건너가보는 만주국의 입구, 밀수로서는 달리 그 류를 찾어볼 수 없는 국제도시 가(街)다.

그리고 K학교는 이곳 조선 사람들의 교육기관이다. 그런데 항상 그들이나 교원들의 두통꺼리는 생도들의 밀수 사건이다.

하기야 그러한 분위기속에서 자라나는 그들인지라 비록 열두어살 된 어린 것일지라도 소금이나 성냥쯤의 민수야 보통이라 하겠지만 그러나 그것이 학교 당국의 문제로 화해버리는데는 참말 골치가 아픈 일일 것이다.[20]

② 그 때 우연한 기회에 근면이라는 문제가 나오게 되자 문득 생각 나는

「버는데 따로 가난은 없다라는 속언을 들고 자기가 설명을 하자 갑자기 뒤편에서 한아이가 벌떡 일어서며

「선생님 그런데 어째서 우리 아버지나 형들은 밤낮없이 주도록 벌어도 죽물도 바로 못얻어먹고 학무위원댁이나 장거리 김좌수댁은 가만히 놀고도 언제든지 흰밥에 쇠고기 닭고기만 먹게 됩니까」

하고 묻는 바람에 명우는 천근이나 되는 쇠몽치로 뒤통수를 얻어

---

20 현경준, 「밀수」, 『중국민족문학대계 9』, 흑룡강조선민족출판사, 224쪽.

맞은 듯 넋을 잃고 교단에 우두커니 서게 되었으니 그 때 그 아이가 바로 학수였다.[21]

　위의 인용문 ①은 「밀수」의 일부분이고, ②는 「별」의 일부분이다. 「밀수」는 이주 조선인들의 중요한 생계 수단이 어린 학생들의 밀수라는 사실을 통해 이주민 사회의 비참한 생존 방식을 밝히고 있으며, 「별」은 이러한 이주민 사회의 비극이 계층 간의 불균형과 이주민 사회 내부의 균열에서 기인하고 있음을 드러내고 있다. 「벤또바꼬 속의 금괴」도 금밀수에 우연히 연루된 병구가 끝내 실성하여 행방이 묘연한 내용을 담고 있다. 「유맹」에서도 밀수로 일확천금을 벌지 않으면 살아갈 수 없는 사회상에 대한 실상과 절망감을 그리고 있다. 이러한 소설을 통해 현경준은 만주가 정직하고 성실하게 살아갈 수 없는 불법과 타락의 현장임을 비판적으로 드러내면서, 동시에 당시 일제 당국이 정책적으로 실시하는 만주 이주에 대한 부정 의식을 드러낸다. 또한 「밀수」와 「별」은 교사인 주인공이 현실을 직시하고 그동안 잊고 있었던 자신의 '일'을 상기하면서 학교를 떠나는 것으로 끝을 맺는다. 이러한 결미는 현실의 모순을 적확하게 인식하고 동시에 이에 대한 저항 의지를 암시하는 것이다.

4. 「마음의 금선」에 나타난 탈식민주의

　현경준은 정치적 투쟁과 문예 활동의 한계, 마약과 불법 행위 등 절

―――――――――
21　현경준, 「별」, 위의 책, 177쪽.

망적인 상황에 봉착한 이주민 사회의 전망을 지식인의 내적 갈등을 통해 드러내는 일련의 소설을 발표한다. 「유맹」(1939) 『도라오는 인생』(1941~1942) 「마음의 금선」(1943) 「인생좌」(1943) 등이 그 대표적인 소설이다. 중편 「인생좌」는 극단 '인생좌'를 끌고 만주로 들어온 '철' '민우' '미라'와 '한인'을 중심으로 증폭되는 갈등을 통해 일제의 문예정책에 대한 저항과 타협의 양가의식을 반영하고 있다. 그런데 이 소설은 '철'이 '한인'과는 달리 국책 문예의 유혹에도 불구하고, 순수한 예술혼을 무대에서 불태우다 죽음을 맞고[22] '민우'가 이를 이어가는 결미를 통해 일제의 문예정책에 대한 부정의식을 강조하고 있다. 이 작품이 식민지 질서가 강화되는 1940년대에 창작되었다는 사실은 현경준 소설의 현실 비판 의지를 잘 드러낸다.

「유맹」「마음의 금선」「도라오는 인생」은 동일한 선상에 놓인 작품이다. 1941년 11월 1일부터 1942년 3월 3일까지 『만선일보』에 연재된 「도라오는 인생」은 「유맹」을 전편으로 삼고 그 후편을 완성한 작품이며, 「마음의 금선」은 「유맹」을 개작한 것이다. 「도라오는 인생」은 총 94회 연재하였으며, 전편 「유맹」에 '한 알의 보리알' '슬픈 전설' '순정' '잃어진 인생' '어머니' '향수의 노래' '새로운 이민' '계절의 미소' '도라오는 인생' 등이 첨가되어 있고, 내용도 상당 부분 수정되었다. 「마음의 금선」은 「유맹」에 '잃어진 세월' '향수의 노래'가 새롭게 첨가되었다.[23] 「도라 오는 인생」은 「유맹」과 「마음의 금선」에 비하여 체제순응적

---

22 이에 대한 상세한 논의는 김재용, 앞의 글, 참조.

23 개작 과정에 대한 상세한 논의는 차광수, 앞의 글, 96~126쪽 참조.

인 경향이 강조되어 있다. 즉 두 작품에서는 끝내 갱생을 거부하던 인규가 「도라오는 인생」에서는 결미 부분에서 소생하며, 마약중독자에서 벗어난 명우가 집단부락의 모범적인 인물로 부각된다. 이들의 변화는 당시 만주국 금연정책에 부합하는 것으로 친일적인 작품[24]이라는 평가가 가능할 수 있으나, 인물들의 갱생이 곧 친일이라는 견해는 재고되어야 할 필요가 있다. 정작 이 작품에서 주목해야 하는 것은 다양한 마약 중독자들이 보이는 만주국 금연 정책에 대한 대응 양상과 마약 중독자를 양산하는 사회상, 그리고 만주국 정책의 허구성에 대한 문제이다.

인물들의 갱생이 단순히 만주국 정책에 대한 수용을 의미하는 것인지 민족 단위의 생존과 관련된 것인지도 세밀하게 분석해야 하는 대목이다. 그런데 아쉽게도 「도라오는 인생」은 94회 전편이 공개되지 않고[25] 있기 때문에 상세한 논의를 할 수 없다. 그러므로 이 글에서는 「마음의 금선」을 중심으로 살펴보고자 한다. 특히 이 작품은 마약 중독자와 만주국의 금연정책에 대하여 일면적인 비판이 아니라, 이에 대응하는 조선인 지식인들의 양가적인 의식을 잘 드러내주고 있다는 점에 주목할 필요가 있다. 그동안 이 작품은 친일 시비에 놓여 있었다. 그것은 작가 스스로 이 작품이 '만주국 정부 금연총국의 위촉'을 받고 쓴 소설이라고 스스로 밝히고, 당시 『만선일보』를 중심으로 대대적으로 펼쳐나갔던 금연문예의 일환으로 창작되었고, 당시 재만 조선인을 관리하기 위해 실

---

24 리광일, 「해제, 현경준 소설 문학에 대한 리해」 『중국조선민족문학대계 9』 16쪽.

25 현재 『중국조선민족문학대계 9』 현경준 소설집 편에 23회부터 94까지가 발굴 수록되어 있다.

시하였던 집단부락과 보도소 운영을 배경으로 삼아 만주국 정책에 동조하는 내용을 담고 있다는 점 때문이다.

「마음의 금선」은 집단 부락에 수용된 마약 중독자들의 갱생과 파멸 과정을 그리고 있다. 이 집단 부락은 만주국 건국 이후 식민 체제 수립과 질서 유지를 목적으로 설립한 마약중독자와 범법자들의 수용소이다. 보도소장은 '신흥국가에서 한사람이라도 건져내서 바른 국민을 만들고'자 하는 당국의 의지를 대변하는 인물이다. 소설은 '왕도낙토' 운운하며 마약중독자들을 설득하는 보도소장의 진심어린 노력. 순동이 명우 등이 보도소장의 뜻을 받아들여 새로운 삶을 살아가는 내용 등 만주국 정책에 부응하는 내용이 많다. 그러나 이러한 표면적인 서사 이면에 이에 대한 강한 부정의식도 동시에 내재하고 있다.

빗두루 인생의 행로에서 탈선하여 나간 여러분을 바른길우 다시금 인도하여 주려는 것이, 그 제일본이라는 것은 자초부터 알수 있는 일이 아니우?

왕도낙토(王道樂土)를 건설하려는 만주국이 아니고는 꿈에두 사상할수 없는 이런 고마운 혜택을 모르구 여전히 빗두루만 나가려는 여러분을 대할 때 나는 참말 세상사가 슬퍼나서 견딜 수가 없오 …(중략)… 보도소장의 말소리는 떨리기까지 하면 점점 울음쪼로 변해간다. 그러나 그것을 듣고있는 군중의 표정은 너무나 평범하다 그들은 제각금 제멋대로 다리를 틀고 앉아서는 혹은 담뱃대를 뻐금뻐금 빨기도 하고 혹은 곁사람과 숙은거리기도 하고 혹은 먼 산봉오리우를 흘러가는 구름을 바라보기도 하며 그야말로 소정의 설교에는 오불관심이라는 것이다. …(중략)… 「소장님 그 뻔뻔스런 거짓말을 인젠 그만 헙시다. 귓구멍에 못이 백혔수다」[26]

　인용문에서 보는 바와 같이 주민들은 보도소장의 설교에 냉담한 반응을 보인다. '뻔뻔한 거짓말'이라고 조소하는 주민들의 태도는 곧 집단 부락 자체에 대한 강한 부정의식을 내보이는 것이다. 이는 일제가 만주국을 설립하고 이른바 '신흥국가'를 건설하기 위해 마약 중독자, 범법자들에 대한 갱생 정책을 실시하였는데, 사실상 이것은 이주 조선인들에 대한 통제를 강화시키는 것에 지나지 않았다는 점을 작가가 간파한 것이다. 일제 시대에 정상적인 사회 질서 안으로 포괄되지 못하는 수많은 뿌리 뽑힌 자들이 탄생하였다. 이들의 존재는 도시 미관상, 위생상, 풍기상의 문제였을 뿐만 아니라, 사회 질서에 대한 근본적인 위협이었기에 이들을 사회 질서 안으로 흡인할 필요성에 따라 일제는 수용소를 건립하였다. 만주에 5개의 수용소를 건립하고 이주 조선인들을 수용, 교육시켰으며, 경성에도 부랑자들을 훈련시키는 수용소가 23개에 이르렀다. 수용소는 정상과 비정상을 규정하고, 정상인들이 비정상인을 경계하도록 끊임없이 경각심을 불러일으키는 효과를 야기한다는 의미에서 새로운 사회 질서 형성기에 인구의 특정 부분에 대한 분할과 배제를 통해 근대적 질서에 적합한 근대인을 창출하는 역할을 수행한 것이다. 일제는 조선인들을 제국에 필요한 유용한 노동력으로 생산하기 위해 더 나아가 장기적인 관점에서 복종을 내면화한 인간으로 사회적 통치 질서 안에 존재하는 인간을 만들어 내기 위해 다양한 장치들을 고안하였

26　현경준, 「유맹」, 454~455쪽.

다. 이것은 인구의 통치 대상화라는 맥락 속에 위치한 것이다. 일단 수용된 이후에는 규칙적인 시간표에 의해 자기의 적성에 맞는 노동과 일정한 학과 공부를 하도록 되어 있었고 노동을 통한 규율적인 생활의 주입이 수용소 생활의 중심에 두어졌다.[27] 위의 인용문에서 보이은 주민들의 방관적인 태도는 집단부락의 궁극적인 목적이 조선인의 갱생에 있는 것이 아니라, 이면은 식민 체제에 순응하는 '국민 만들기'에 지나지 않는 것임을 드러내고, 이를 부정하는 것이다.

> 그들은 일체를 망각하여 버린 표정으로 단장의 말에는 귀도 기우리지 않고 얼빠진 양을 하고 앉아 있다.
> 그 중에서는 중독자들이 더하다. 단장은 참다못해 그 중 젊어뵈는 명우의 볼따구니를 철썩 후려갈긴다. …(중략)…
> 노오랗게 절은 명우의 얼굴에 차츰 푸른 독기가 서린다. 입술에서 피가 날지경 악물고 쳐다보던 그는 서서히 일어서며 두주먹을 틀어쥔다. 그 모양에 단장은 다소 압기가 된 듯 주춤거리다가 이내 제대로 돌아지며 한걸음 앞으로 썩 닥가선다.
> 「맛서면 어쩔테냐?」
> 명우의 얼굴은 풀으다못해 하애진다. 말없는 시선과 시선의 싸움이 한동안 계속된 후
> 「아놈아. 왜 때리는거냐 부락민에게 함부부 그런 버릇없는 손찌거리들 하라구 누가 시켰더냐?」
> 어디서 그런 위엄있는 소리가 나오는 것인지 단장은 얼른 말을 못

---

27 한귀영, 「부랑자의 탄생 : 근대인과 그 타자성」 서울 사회과학연구소, 『근대성의 경계를 찾아서』, 새길, 2002, 193~199쪽 참조.

한다.

「부락민에게 함부루 손을 대며 제자신의 무능과 무식을 폭로시키는 그런 부락장이나 단장이라면 어서 곱게 손을 씻구 물러앉아라. 우리는 너한테 매맞을 아무런 의무도 가진일 없고 너에게 그런 권리를 준일두 없다. 부락장이면 부락장답게, 단장이면 단장답게 인격적으루 부락민에게 감화를 주며 지도를 해야 한다」[28]

이와 같은 명우의 '위엄 있는' 항변은 갱생이라는 미명 아래 폭력으로 은밀히 통제하는 만주국 정책의 이면과 허구성을 통렬하게 비판하고 있다. 명우는 폭력이 아니라 '인격적으로 감화를 주며 지도하라'고 당당하게 요구한다. 이러한 명우의 저항은 수동적인 피지배자의 모습으로 보기 어렵다. 또 하나 주목할 대목은 집단부락에 수용되어 있는 주민들의 실상이다. 「마음의 금선」은 감시와 설교, 집단농장 운영, 보도소장의 헌신 등 갖은 노력에도 불구하고 교화되지 않은 재만 조선인들의 삶을 그리고 있다. 철통같은 감시에도 불구하고 집단부락 사람들은 수시로 탈출을 시도하고, 명보, 득수, 성오 등은 여전히 아편을 피우고, 병철은 소장에게 직접적으로 대항하고, 소설의 주인공 명우도 아편에 의지하면서 과거의 꿈(화가)에 젖어 있다. 이는 집단 부락이 조선인들의 갱생을 표방하지만 이면은 단순히 식민지 질서에 위배되는 사람들을 격리수용하는 시설이었음을 의미한다. 이는 다음과 같은 인용문에서 극명하게 드러난다.

---

28 현경준, 「유맹」『중국조선민족문학대계9』 연변대학 조선언어문학연구소 편, 흑룡강
    조선민족출판사, 2000. 452~453쪽.

칠월이 가고 팔월이 왔다. 팔월을 잡자 며칠안되여 부락에서는 만척(滿拓)의 제오회째의 대부배급을 받게되었다. 그 때문에 툰장은 현에 갔다오고, 아튿날은 보도소 앞마당에서 진종일 양미배급에 눈코 뜰새없이 밥비 지났다. 부락민들은 저마다 내켜하지 않은 얼굴로 배당된 쌀을 둘러메고 각각 제집으로 흩어져 가서는 위선 앞으로의 예산부터 세운다. 어떻게해서던지 이번 것을 가지고 신곡 날때까지 견디어 나가야 할텐데 아무리 손구락을 꼽아가며 날자와 되수를 따져보아야 어림도 없는 일이다. 그래 마지막에는 손구락을 꼽아보다가 못해 그만 역정스레 쌀푸대에다 침을 탁뱉고는 「제―길 이러구 살면 뭘하는가」 하며 보낼곳없는 울분에 저혼자 씩씩 거리는 것이었다.[29]

이들은 '만척'에서 주는 대부배급을 보고 울분을 토한다. 부락민들이 '내키지 않은 얼굴로' 배급받는 것은 이 쌀이 일제의 경제 정책의 핵심인 '만척'에서 실시하는 대부 배급이며, 게다가 배급량도 식량으로는 턱없이 모자라기 때문이다. 대부배급은 식량이 부족할 때 미리 배급받고 가을철에 이자까지 갚아야 하는 것이다. 즉 집단부락은 일면으로는 일제 체제에 순치되는 조선인을 양성하면서 다른 한편으로는 집단 농장을 통해 재원 확보를 꾀하는 공간이었던 것이다. 주민들이 쌀자루에 침을 뱉고, 울분을 삭히는 것은 이러한 만주국 정책에 대한 부정의식을 분명하게 밝히는 것이다.

그런데 지금까지 이 소설은 친일적이라는 협의를 받아왔다. 그것은 명우가 소장의 간곡한 청을 받아들여 갱생의 길로 들어서고, 소장의 수

---

29 현경준, 「유맹」, 496쪽.

양딸이 된 순녀와 결혼하고, 명우에게 호의적인 순동이는 집단부락의 운영 체제에 적극적으로 동의하는 인물이라는 내용 때문이다. 그러나 명우가 심경의 변화를 보이는 직접적인 계기는 소장의 설득이 아니라 고국에서 보내 온 사촌 형의 편지와 어머니의 간절한 소망이다. 앞에서 본 바와 같이 명우는 보도소의 폭력적인 처사에 정면에서 항의하는 인물이다. 명우의 갱생에 소장이 개입하기는 하지만 그는 편지를 매개해 주는 인물에 지나지 않는다. 또한 순이와의 결혼도 소장의 청이라기보다는 이전부터 둘 사이에 마음의 교감이 있어왔던 것에서 비롯된다. 순이에게 명우는 생명의 은인이며, 명우에게 순이는 첫사랑의 실패와 외로움을 씻어버릴 수 있는 대상이었다. 순이는 아버지가 자신을 중국인에게 팔아넘기려는 위기에서 명우가 구해준 후 그를 사랑하게 되며, 명우는 순녀와 순동이로부터 따뜻한 인간적인 정을 느끼고 이들과 교분을 쌓아오고 있었던 것이다. 즉 명우의 갱생이 외부의 압력에 의한 것이 아니라 자신의 주체적인 선택이며, 규선이가 끝내 갱생되지 않고, 「유맹」에 없던 인규라는 인물을 새로 등장시켜 아이들을 위해 교사가 되어 달라는 보도소장의 간곡한 요구에도 불구하고, 자신의 뜻을 굽히지 않는 것 등은 「마음의 금선」이 국책문학으로 읽힐 수 없음을 분명히 드러낸다고 할 수 있다. 특히 다음과 같은 결미는 이 소설의 주제 의식이 결코 체제 순응적이 아님을 강조하는 것이다.

더구나 자네는 정치운동자가 아니었든가? 리상주의자가 아니였든가? 그런데 그 주의는 무엇때문이며 그 운동은 누구때문이었든가? 내 일개인의 안일이나 사욕을 채우렴이 아니였다면 과도기의 거세인물결에 피동적이였든 탓이 아닌가? 그 어리석었던 피동적 시대를 게으르게 회상하며 자아를 망각하고 시대의 흐름을 무시한다는 건 이 얼마나 어리석은 수작인가? 진실로 자네의 일허진 세월을 다시금 찾어야 하며 나는 내 일생을 받처서라두 있는 힘을 죄다 써볼 작정이네.[30]

이처럼 명우는 절망의 늪에 빠져있는 규선이가 과거의 정치운동가로 되돌아 갈 것을 강력하게 요청하면서 자신도 이에 적극적으로 참여할 것임을 암시하고 있다. 규선이는 '한 때는 정치운동의 선봉에 나서서 불타는 정열로 날뛰었으며' 지금도 '제-길할. 이놈의 세상 한 번 벌컥 뒤짚어지는 법은 없나'하며 체제 전복을 꿈꾸고 있는 인물이다. 명우가 규선이와 뜻을 함께 하겠다는 의지 표명은 오히려 규선이 보다 더 은밀하게 체제 부정에 대한 함의를 내면화한 것이다.

또한 이 소설은 자의식이 강한 인규를 새롭게 등장시켜, 식민 체제에 대응하는 또 다른 나타낸다. 즉 현실에 대한 인식을 인규, 명우, 규선과의 갈등과 대립을 통해 표출함으로써, 현실에 대응하는 지식인들의 다양한 시각과 생존 방식을 정직하게 드러내고 있다. 소장과 명우의 간곡한 설득에도 불구하고 규선과 인규가 끝내 변화하지 않는다는 것은 어떠한 방식으로도 식민 체제와 결코 타협하지 않겠다는 강한 의지를 내보이는 것이다. 즉 이 소설은 식민지 지배 논리에 포섭되지 않으려는 지식인들의 다양한 초상을 통해 탈식민주의 의식을 드러낸다. 명우의 타협과 규선, 인규의 저항은 식민 정책 속에서 민족 단위의 자립이라는

---

30 현경준, 「마음의 금선」, 535쪽.

현실적인 명제를 수용하는 서로 다른 시각을 명징하게 담아낸다.

  또한 이 소설에서 간과할 수 없는 것은 자위대 단장, 순동이 등 보도소장에 밀착되어 있는 인물들이다. 순동이의 아버지 득수는 아편에 중독되어 아내를 중국인에게 팔아 먹었을 뿐만 아니라, 딸 순녀까지 넘기려는 인물이다. 순동이는 부모 자식의 관계보다 집단 부락의 규칙을 우선하여 아버지의 외출을 허락하지 않고, 아버지의 처신을 질책한다. 순동이의 분명한 태도는 이주 2세대의 의식을 잘 반영하고 있다. 이들은 만주 당국의 정책에 부응하면서 아버지 세대와는 다른 삶의 방식을 선택함으로써, 절망적인 이주민 사회의 실상을 극복하고자 하는 의지를 드러낸다.

  무엇보다 이 소설에서 주목할 것은 만주국의 아편 통제 정책의 이면을 고려할 때, 명우와 순동이의 행동이 단순히 체제 순응적이라고 보기 어려운 면이 있다는 점이다. 만주국은 건국 초기부터 「아편법」「아편법시행령」 등을 실시하여 마약 중독자들을 규제하기 시작하였다. 이는 표면적으로 금연정책을 시행하는 것이었으나, 이면적으로는 아편의 생산, 유통 등에 대한 이권을 장악하고 정부가 아편 전매를 실시하는 제도였다. 「아편마약간금방책요강」(1937. 10. 12)도 10년 내에 아편을 금지한다고 표방하고 있지만, 중독자들에 대한 치료 계획은 없고, 중독자가 등록하지 않으면 아편을 배급하지 않는다는 규정만 있어 사실상 아편흡식허가증을 발급하는 것에 지나지 않았다. 이 정책에 의해 아편중독자 등록 수가 급증하자 일제는 생산량이 부족하다는 구실로 아편 재배지를 확대하는 한편, 금연총국을 설립하고 갱생원을 운영하였으나 이는 여론을 기만하기 위한 술책에 지나지 않았다. 요컨대 만주국의 아편 정책은 만주국의 경제수입을 늘이고 민중들의 정신세계를 마비시켜 일제 식민통치를 공고히 하는 중요한 수단이었던 것이다.[31] 그러므로 이러한 상황을 고려할 때 명우와 순동이가 만주국 정책을 단순히 수용하는 것이라고는 볼 수 없다. 「마음의 금선」은 다양한 장치와 정책을 통해 식민 체제로 규합하려는 절박한 상황에 처한 지식인들의 다양한 대응 양상을 사실적으로 담아내고 있다.

5. 결론

지금까지 이 글은 현경준의 「마음의 금선」에 반영된 탈식민주의 시각을 살펴보았다. 표면적으로 만주국의 정책에 부응하면서 이면적으로는 민족 단위의 공동체를 구축하려는 것이 당시 재만 조선인들이 직면하였던 생존 조건이었다. 「마음의 금선」은 이러한 시대상을 집단부락에 수용되어 있는 마약 중독자들을 통해 극명하게 드러내고 있다. 마약 중독자로 전락한 예술가(명우), 교사(인규), 정치운동가(규선) 등이 보이는 만주국의 교화정책에 대응하는 서로 다른 양상은 식민 체제에 포섭되지 않으려는 지식인들의 다양한 생존 방식을 담아내고 있으며, 동시에 순동이의 단호하고 분명한 태도는 이주 1세대와는 다른 이주 2세대의 가치관과 삶의 방식을 반영하고 있다. 이들이 식민 체제에 정면

---

31 김장선, 『위만주국 시기 조선인 문학과 중국인 문학의 비교연구』, 역락, 2004, 165~167쪽.

으로 부정하거나 일면 타협하면서 민족 공동체를 유지해나가는 모습은
단순히 체제 순응적인 것이 아니라 탈식민주의 의식과 직결되어 있는
것이다.

현대소설의 공간

제3부
한국문학의 지평

… 통일 문학사 기술은 우리에게 주어진 중요한 과제 중에 하나이다. 이질적인 문학사를 극복하고 통합 문학사를 구축하는 것은 통일시대를 위한 필수적인 요건이기도 하다.

북한·중국·일본의
한국근대문학사에 대한 인식

1. 서론

이 글은 일본과 중국에서 간행된 한국문학사를 비교, 분석함으로써, 이질성과 동질성을 살펴보고자 하는 데 그 목적이 있다. 일본과 중국에서 간행되고 있는 한국문학사는 시각과 내용에 있어서 상당한 차이가 있다. 남한과 북한의 문학사는 이데올로기의 대립에서 비롯되는 것이지만, 중국과 일본의 경우는 좀 더 복합적이다. 중국은 그동안 북한에서 간행된 문학사를 그대로 수용하여 왔지만, 개혁개방 이후 남한과의 소통이 활발해지면서 남한과 북한의 시각을 통합하려는 의지를 드러내고 있다. 이러한 작업은 주로 조선족 학자들을 중심으로 전개되고 있으며, 이미 여러 권의 남북한 통합문학사가 간행된 바 있다. 하지만 일본은 아직까지 남북한의 이념적 대립이 그대로 남아 있어서, 이념 성향에 따라 북한의 문학사를 그대로 수용하거나 남한 문학사를 번역하여 사용하는 경우가 보편적이다. 또한 일본인의 시각에서 기술한 한국문학사는 특히 친일문학에 대하여 우리와는 다른 관점을 제시하고 있다.

그동안 학계에서는 분단문학사를 지양하고 남북한 통일문학사를 지향하는 다양한 노력들을 지속해 왔다. 통일문학사의 방향과 기술에 대한 방법론적인 모색뿐만 아니라,[1] 실제로 남북한문학을 통합하는 의미 있는 작업이 시행되기도 하였다.[2] 하지만 통일문학사 기술에는 여러 가지 난제가 있다. 문학사는 문학작품들을 단순히 연대순으로 나열한 집적물이 아니라 문학의 역사에 대한 내적 질서를 구축하는 총체이기 때문에 기술에 앞서 몇 가지 중요한 원칙이 수립되어야 한다. 그런데 서로 다른 체제와 시각에서 기술된 문학사는 통합에 어려움이 따른다. 우선 통일문학사를 한국문학사로 할 것이냐 조선문학사로 할 것이냐 하는 지극히 기본적인 문제도 통합이 쉽지 않을 것으로 예상된다. 중국에서 간행된 '한국—조선문학사'는 이를 잘 반영하고 있다.[3]

이 글은 그동안 통일문학사에 대한 논의가 당위론적이며 추상적인 민족주의 문학론에 머무른 경향이 있다는 반성으로부터 출발한다. 따

---

1 민족문학사연구소, 『북한의 우리문학사 인식』 창작과비평사, 1991 ; 최동호, 『남북한 문학사』, 나남, 1995 ; 토지문화재단, 『한국문학사 어떻게 쓸 것인가』, 한길사, 2001 ; 서동수, 「남북문학사 통합 서술의 전망」 『겨레어문학』 28권, 2002.2 ; 이명재, 「한겨레 문학사 기술 방법론」 『어문논집』 30집, 중앙대 어문학회, 2003.

2 김재용 외, 『한국근대민족문학사』 한길사, 1993. 우리문학연구회, 「새로 쓰는 민족문학사」, 『한길문학』, 1990.5.

3 김춘선, 『한국—조선현대문학사』(도서출판 월인, 2001) ; 김병민 · 허휘훈 · 최웅권 · 채미화의 『한국—조선당대문학사』, 연변대학교 출판사, 2000.

라서 본고는 통일문학사 기술을 위해서는 문학사의 기본 시각과 내용들을 면밀하게 살펴보는 작업이 선행되어야 한다는 전제 아래, 우선 중국과 일본에서 출간된 한국근대소설사를 중심으로 서술 방법과 시기 구분, 대상 작가와 작품 선정 문제 등을 비교, 검토하고자 한다. 중국과 일본까지 논의 대상으로 삼는 이유는 중국의 한국문학사는 남북한통합문학사의 시각을 반영하고 있으며, 일본은 객관적인 시각에서 한국문학사를 조명하고 있기 때문이다. 그동안 남북한문학사를 비교한 업적들은 다수 발표되었으나, 연구자의 과문한 탓인지 중국과 일본에서 간행된 한국문학사까지 검토한 논의는 거의 없다

논의 대상으로 삼은 문학사는 남한은 『한국소설사』(김윤식, 정호웅, 문학동네, 2000), 북한은 『조선근대 및 해방 전 현대소설사 연구』(은종섭.김일성종합대학출판사.1986), 중국은 『조선현대문학사』(김병민, 연변대학출판사.1994), 일본은 『韓国文学を味わう』(三枝 壽勝.国際交流基金アジアセンター, 1997)이다. 『한국소설사』를 논의 대상으로 삼은 이유는 이 소설사가 남북한소설을 통합적으로 기술하고자 하는 관점을 반영한 최근의 성과물이며, 『조선근대 및 해방 전 현대소설사 연구』는 북한에서 나온 유일한 소설사라는 점 때문이다. 중국과 일본은 소설사가 따로 없기 때문에 현대문학사에서 소설 부분을 논의 대상으로 삼고자 한다. 三枝 壽勝(사에구사 도시가즈)의 책은 본격적인 문학사는 아니지만, 현재로서는 일본인의 시각에서 한국 현대문학을 통사적으로 서술한 유일한 글이기 때문에 논의 대상으로 삼고자 한다. 또한 본고의 논의 범위는 개화기부터 1945년까지 근대소설사로 한정하고자 한다. 해방 이후의 소설사는 또 다른 관점에서 상세한 분석이 요구되므로 별

도의 논고로 발표하고자 한다.[4]

2. 중국과 일본의 한국근대문학사 인식

북한과 중국 그리고 일본에서 간행된 한국근대문학사는 몇 가지 서로
다른 중요한 특징들이 있다.

지금까지 북한에서 발행한 대표적인 문학사는 다음과 같다.

① 안함광, 『조선문학사』, 교육도서출판사, 1956.

② 윤세평, 『해방 전 조선문학』, 조선작가동맹출판사, 1958.

③ 과학원 언어문학연구소 문학연구실 편, 『조선문학통사』(상·
하), 과학원출판사, 1959.

④ 김하명, 『조선문학사(15~19세기)』, 조선문학출판사. 1968.

⑤ 사회과학원 문학연구소, 『조선문학사』(1~5), 과학백과사전출판
사, 1977~1980.

⑥ 김춘택·은종섭, 『조선문학사』(1~2), 김일성종합대학출판
사.1982,

⑦ 정홍교·박종원·류만, 『조선문학개관』(1~2), 사회과학출판사,
1986.

⑧ 정홍교 외, 『조선문학사』(1~15), 사회과학출판사, 1991~2000.[5]

4　별도의 시각이란 해방 이후에 대한 논의는 남한에서 출간된 여러 권의 북한문학사까
　　지 포함해야 하기 때문이다. 김윤식, 『북한문학사론』, 새미, 1996 ; 신형기·오성호,
　　『북한문학사』 평민사, 2000 ; 김용직, 『북한문학사』, 일지사, 2008.

5　이 중 『조선문학사』 2·5·7·9권은 과학백과사전종합출판사에서 출간되었다.

위에서 보는 바와 같이 북한은 1970년대와 1990년대 두 차례에 걸쳐 대대적으로 문학사를 정리하였다. 1970년대 사회과학원 문학연구소에서 편집한 ⑤『조선문학사』는 주체문예사상을 공고히 한 문학사이다. 이 책의 현대문학사 부분은 이전 문학사와는 달리 1926년을 중요한 기점으로 명시하고 있다. 김일성이 공산주의적 혁명조직인 '타도제국주의동맹'을 결성한 1926년을 북한 현대문학의 새로운 전통을 수립한 것으로 규정하고 있는 것이다. 이후 거의 모든 문학사에서 1926년은 중요한 전기로 기술되고 있다. 그런데 1986년에 발행된 ⑦『조선문학개관』은 이전 문학사와 다른 양상을 드러낸다. 1926년을 '항일혁명투쟁시기문학'의 기점으로 삼고 있기는 하지만, 이전과는 달리 문학사 영역이 확대되었을 뿐만 아니라 작가와 작품에 대해서도 매우 유연한 평가 태도를 보이고 있는 것이다. 그리고 1991년부터 2000년까지 발행된 ⑧『조선문학사』는 이 보다 더 진전된 태도를 보이고 있다. 즉 주체 문예 사상의 시각은 여전히 관철되고 있지만, 서술 범위가 확대되고, 작가와 작품에 대한 평가도 점차 객관성을 유지하려는 방향으로 전이되고 있는 것이다.

특히 1987년부터 간행되기 시작한 『현대조선문학선집』은 이러한 변화된 시각을 잘 반영하고 있다. 이 선집은 100권에 이를 것으로 추정되는데, 문학사 서술에도 상당 부분 영향을 미친 것으로 보인다.[6] 1970년대까지의 문학사가 주로 『조선문학사연대표』(김일성종합대학 조선문학

6　유문선, 「최근 북한 근대문학사 인식의 변화-『현대조선문학선집』(1987~)의 '1920~30년대 시선'을 중심으로」『민족문학사 연구』35권 2007.12, 민족문학사학회, 428~430쪽.

강좌 편찬, 교육도서출판사, 1957)에 의거한 것과는 달리, 1980년대 이후의 문학사는 이 선집의 시각이 전면적으로 반영되어 있다. 단적인 예로『조선문학사연대표』에는 이인직 이광수 작품이 언급조차 되지 않았지만, 이 선집에는 이들 작품을 수록하면서서 비로소 구체적인 논의 대상으로 삼고 있는 것이다. 선집의 제1권에는 그동안 배제되어 왔던 이인직의『귀의 성』과『치악산』을 수록하고 있으며, 이어서 최찬식, 이광수, 전영택, 김동인, 염상섭, 박종화, 유진오, 김동리 등 그동안 북한문학에서 생소한 작가들의 작품을 싣고 있다.[7] 문학사에서 이들에 대한 평가는 대부분 부정적이지만 철저하게 배제되었던 이전과 비교해볼 때 커다란 변화라고 볼 수 있다. 요컨대 ⑧의 문학사에 이르러 문학사의 전체적인 골격이 남한 문학사와 유사한 틀을 유지하게 된 것이다. 하지만 남·북한문학사의 기본적인 시각에는 여전히 현격한 편차가 있다. 북한문학사는 인민적이고 진보적인 문학을 기축으로 하며 애국주의적 내용이 중심을 이루고 있다. 즉 문학 발전의 추동력을 인민에 두고 문학이 내재적 계기에 의해 자주적 주체적으로 발전해온 과정을 합법칙적으로 밝히려고 한다.[8] 예컨대 현대문학사를 항일혁명투쟁시기(1926. 10~1945. 8) 평화적 건설시기(1945. 8~1950. 6), 위대한 조국해방 전쟁시기(1950. 6~1953. 7), 전후 복구건설과 사회주의 기초건설을 위한 투쟁시기(1953. 7~1960), 사회주의의 전면적 건설과 사회주의의 완전승리를 앞당기기 위한 투쟁시기(1961~) 등으로 구분하고[9] 그 전개양상과

---

7 유문선, 위의 글, 410~411쪽.

8 민족문학사연구소,『북한의 우리문학사 인식』창작과비평사, 1991, 7쪽.

9 이 시기 구분은 박종원 · 류만,『조선문학개관 2(1920년대 후반기~1980년대 전반기)』

현대소설의 공간

내적 발전 과정을 기술하고 있다.

　이러한 북한의 문학사 인식은 그동안 중국과 일본 학계에 영향력을 행사하여 왔다. 개혁개방 이전까지 중국은 북한의 문학사를 그대로 수용하여 왔으며, 일본의 일부 대학에서는 현재도 북한의 문학사를 그대로 사용하고 있다. 그런데 1980년대 이후 중국의 한국문학사 인식은 변화를 가져온다. 중국에서 간행된 대표적인 한국문학사는 다음과 같다. 이들을 중심으로 중국의 한국문학사 인식을 좀 더 상세히 살펴보기로 한다.

　　① 허문섭, 『조선고전문학사』, 료녕민족출판사, 1985.
　　② 박충록, 『조선문학간사』, 연변교육출판사, 1987.
　　③ 김병민, 『조선현대문학사』, 연변대학출판사, 1994.
　　④ 리해산 · 채미화. 『남조선문학개관』, 연변대학출판사, 1992.
　　⑤ 김병민 · 허휘훈 · 최웅권 · 채미화, 『한국−조선당대문학사』, 연변대학교 출판사. 2000.
　　⑥ 김춘선, 『한국−조선현대문학사』, 도서출판 월인, 2001.
　　⑦ 문일환, 『조선고전문학사』, 민족출판사, 2006.

　위에서 ① ⑦은 고전문학사이고, 나머지는 근대문학 이후를 대상으로 삼고 있다. ②는 고대 문학에서부터 해방 이후의 문학을 통시적으로 기술하고 있는데, 북한문학사의 시각을 그대로 반영하고 있다. ④는 본격

　(사회과학출판사, 1986)에 따른 것인데 이후 문학사는 세부적인 사항에 있어서 약간의 편차는 있지만, 이 발전 과정에 따르고 있다.

적인 문학사는 아니지만 개화기 시와 분단 이후 소설을 통시적으로 서술하고 있다. 남조선시문학개관과 남조선소설문학개관으로 나누어져 있는데, 남조선시문학개관은 개화기의 창가에서부터 1980년대 시에 이르기까지 근현대시의 역사적 전개과정을 기술하고 있으며, 남조선소설문학개관은 1950년대 소설에서부터 1980년대 소설의 전개과정을 다루고 있다.

이 중 주목할 것은 ③ ⑤ ⑥이다. 그것은 이 저서들이 남북한문학을 통합하는 문학사이기 때문이다. 이 문학사의 저자들은 '지금까지 근대현대문학사들은 남북으로 분단된 사회정치적 현실과 이념의 차이로 하여 문학발전의 실상을 객관적으로 보여주지 못했다'[10]는 한계점을 지적하고, 나아가 '현재는 남북으로 분단되어 있으나 언젠가는 통일되어 반드시 한 나라의 문학으로 되고야 말 문학'[11]임을 강조하면서 남북을 통합하려는 시각에서 문학사를 서술하고 있다. ③은 19세기 말에서 1940년대 전반기까지의 남 · 북한 문학을 소설과 시, 문학비평세 부분으로 나누어 각 장르의 역사적 전개과정을 정리하고 있으며, ⑤ ⑥은 해방 이후부터 1980년대까지 남북한문학을 통합적으로 기술하고 있다. ⑤는 시와 소설을 서술 대상으로 삼고 있으며, ⑥은 시와 소설을 중심으로 기술하면서 해방 직후와 1960년대는 희곡까지 대상으로 삼고 있다.

---

10 김병민, 『조선현대문학사』, 연변대학출판사, 1994, 1쪽.

11 김춘선, 『한국─조선현대문학사』(1945~1989), 도서출판 월인, 머리말.

현대소설의 공간

이와 같이 중국의 한국문학사는 북한문학사를 그대로 수용하였던 이전과는 달리, 1990년대 이후에는 남한과 북한을 함께 조명하려는 시각들이 두드러지는 특징이 있다. 그런데 남북한을 통합하려는 이들 문학사는 몇 가지 문제점들을 안고 있다. 첫째, 문학사가 표피적인 개론 수준에 머무는 경향이 있다는 점이다. 이는 가능하면 남북한의 많은 문학작품을 다루고, 또한 고루 관심을 배분해야 한다는 요구를 피하기 어려운 결과에서 비롯되는 것이다. 둘째, 남북한문학을 통합하고 내적 질서를 구축하는 구체적인 문학사 기술 관점이 결여되어 있다는 점이다. 북한문학사의 시각을 기저로 삼으면서 남한문학을 병치시키거나, 남북한문학사의 시각을 혼재시켜 놓은 경우가 대부분이다. 이는 이질적인 남북한문학사의 통합이 얼마나 어려운 작업인가 하는 것은 반증한다고 볼 수 있다. 또한 이들 문학사는 1945년 해방 이후의 문학을 '당대문학'으로 규정하고 있는데, 이는 중국문학사의 시기 구분에 따르는 것이다. 요컨대 중국의 한국 현대문학사는 남한과 북한, 중국의 시각이 중첩되어 있다.

일본에서 출간된 대표적인 한국문학사는 다음과 같다.

① 교육도서출판사 편, 『조선문학사』, 학우서방, 1964.
② 김사엽 · 조연현, 『조선문학사』, 北望社, 1971
③ 김사엽, 『조선문학사』, 金沢文庫, 1973
④ 김동욱, 『조선문학사』, 日本放送出版協會, 1974.
⑤ 김태준, 『조선소설사』, 安宇植 譯注. 平凡社, 東洋文庫, 1975.
⑥ 김우종, 『한국현대소설사』, 長璋吉 譯注. 龍溪書舍, 1975.

⑦ 卞宰洙, 『조선문학사』, 靑木書店, 1985.

⑧ 은종섭, 『근대현대문학사』. 김일성종합대학출판사, 조선대학교 출판부 번각발행, 1997.

⑨ 三枝 壽勝, 『韓国文学を味わう』, (国際交流基金アジアセンター, 1997.

⑩ 白川 豊, 「朝鮮の近代文学の歩み」, 九州産業大學公開講座 11, 九州産業大學出版會, 1997.

위에서 ①⑧은 북한문학사를 재발행한 것이고, ②③④는 저자가 직접 일본어로 쓴 책이며[12] ⑤⑥은 남한문학사를 번역한 것이다. ⑦卞宰洙의 『조선문학사』은 일본의 시각에서 쓴 단행본 한국문학사인데, 원시시대부터 조선시대에 이르는 시기를 서술한 고전문학사이다. 다만 종장인 '고전문학의 전통과 현대의 〈한국〉문학'은 고전문학과 현대문학의 관련성에 대하여 서술하고 있으며, 약 14페이지 정도를 현대문학에 관한 내용을 담고 있다.[13] 저자는 조총련계 조선대학교 교수를 지낸 분으로 문학사의 관점은 북한의 시각과 거의 동일하다. 그리고 ⑨ 三枝 壽勝의 『韓国文学を味わう』은 본격적인 문학사는 아니지만 한국문학을 포괄적으로 조명하고 있다는 점에서 특별히 주목할 필요가 있다. 이것은 1996년도에 필자가 'アジア理解講座'에서 10회에 걸쳐 한국문학의 주

---

12 渡辺 直紀, 「韓國. 朝鮮文學研究. 教育のための文献解題」, 한국어 교육론 강좌, 제4권, 구로시오출판, 2008, 537쪽.

13 이 책은 제1장 ; 원시시대의 문학, 제2장 고대의 문학, 제3장 봉건사회의 형성과 삼국시대의 문학, 제4장 후기 실라와 발해의 문학, 제5장 고려시대의 문학, 제6장 이조시대의 문학, 종장 ; 고전문학의 전통과 현대의 〈한국〉문학으로 구성되어 있다.

요 특성과 역사적 전개 과정을 강의한 내용을 책으로 묶은 것이다. 이 책의 세부 내용은 I. 近代文学とその表記, II. 文学作品の伝来と受容, III. パンソリが文学に与えた影響, IV. 近代史を生きた李光洙, V. 近代朝鮮の詩人たち, VI. 『三国志』『水湖志』愛好の伝統と大河小説, VII. 解放前までの文学, VIII. 混乱期の文学ー解放から分断国家成立までー, IX. 1950年代から1970 年代の文学, X.1980年代の文学으로 구성되어 있다. II와 III 부분은 고전문학을 다루고 있으며, 나머지 부분은 근현대문학을 서술대상으로 삼고 있다. 한국근현대사를 간단히 소개하면서 문학사를 조망하고 있는 이 글은 1910년대 근대 초기문학에서부터 1980년대 문학에 이르기는 시기의 한국문학의 흐름을 통시적으로 기술하고 있다.

또한 ⑩白川 豊의 「朝鮮の近代文学の歩み」은 단행본은 아니지만 한국근대문학의 역사적 전개과정을 60페이지에 걸쳐서 일목요연하게 서술하고 있는 글이다. 개화기에서부터 일제 말기에 이르는 시기, 1906년부터 1945년까지를 서술 대상으로 삼고 있으며, 주로 시대와 문단의 중요한 변화, 주요 시인과 소설가의 작품을 중심으로 한국문학사를 살펴보고 있다. 이 글은 서두 부분에 '근대문학형성시기 조·일·중 삼국의 대비'와 '조·일·중 삼국근대문학의 유학시기 일람'이라는 두 개의 표를 제시함으로써, 한국근대문학사를 한국과 일본 그리고 중국의 상호 관련성 아래 조명하고 있다. 이 글의 세부항목은 1. 개화기─조선근대문학 초창기 문인들, 2. 이인직과 신소설 「혈의 누」, 3. 최남선과 창가, 신체시, 4. 이광수와 장편소설 『무정』, 5. 문예동인지의 출현─『창조』『백조』『폐허』, 6. 염상섭과 리얼리즘의 추구, 7. 신경향파

문학의 대두, 8. 채만식과 세태풍속소설, 9. 조선 근대시의 성숙, 10. 구인회와 순수문학, 11. 여성작가의 등장과 활약, 12. 2대 문예지『문장』『인문평론』13. 일본어 문학의 등장 14. 일제 말기의 양상 등으로 구성되어 있다.

　三枝 壽勝와 白川 豊는 남한에서 유학한 학자들로서 주로 남한 문학사의 시각과 크게 다르지 않다.[14] 이들 필자는 공통적으로 근대문학 초기의 작가들이 대부분 일본 유학생 출신이라는 점을 특별히 강조하고 있다. 한 가지 주목할 것은 식민지 시대 일본어로 쓴 작품과 친일문학에 대해서 객관적인 의미를 부여하려고 노력하고 있다는 점이다. 필자들은 조선어로 작품을 발표하기 어려운 시대적인 상황을 설명하면서 식민지 시대에 작가들이 일본어로 작품을 쓴 것은 두 가지 이유인데, 하나는 일본문단에 진출하려는 의도이며, 다른 하나는 일본어를 통해서라도 조선의 현실을 알리려는 동기에서 비롯되었다고 기술하고 있다. 그리고 일본어로 쓴 작품들의 이면적인 의미를 탐구하는데 관심을 기울이고 있다. 예컨대 친일 잡지로 알려진『국민문학』에 실린 작품들을 읽어보면, 그 이면에는 조선 작가들의 슬픈 울림이 내재되어 있다고 해석하고 있는 것이다. 이러한 관점에서 김소운, 장혁주, 김사량, 이석훈, 최재서, 최병일 등의 작품들을 언급하고 있다.

14　이 밖에 渡辺 直紀의「韓國. 朝鮮文學硏究. 敎育のための文献解題」(한국어 교육론 강좌, 제4권, 구로시오출판, 2008)이 있는데, 이 글은 문학사와 일본에서 번역된 한국 작품들에 대한 자료를 제시하고 있다.

3. 한국현대소설사의 시각과 논리

1) 소설사의 시각

　문학사는 문학의 역사를 구축하는 관점과 시대 구분, 작가와 작품을 선택하고 평가하는 기준 등이 각기 다르다. 본고의 논의 대상인『한국소설사』(김윤식·정호웅),『조선근대 및 해방 전 현대소설사 연구』(은종섭),『조선현대문학사』(김병민),『韓国文学を味わう』(三枝 壽勝)를 중심으로 이러한 점을 상세히 살펴보기로 한다.

　　② 이 책은 소설문학의 발전과정을 고찰하며 그 진보성과 반동성을 가르고 진보의 척도를 규정하는데서 철저히 근로인민대중에 대한 문제를 중심에 놓고 고찰하였다 …(중략)… 또한 소설의 특정과 우점에 대한 주체적 문예리론에 기초하여 소설의 형태적 특성의 발전정형을 연구 분석하는데 주의를 깊이 기울였다. 소설사의 중요한 내용의 하나는 그것이 형태 발전사라는데 있다. 형태발전의 특성과 그 합법칙성을 밝히는데 문학사 일반과 구별되는 소설사에서의 소설문학 발전과정에 대한 고찰의 중요한 몫과 특성이 있는 것이다.[15]

　　③ 집필과정에서 필자는 문학발전의 역사적 진실성을 보여주면서 객관적이고 과학적인 가치판단을 주기에 노력하였다. 특히 근대현대 문학발전의 법칙과 특징, 사조 및 유파의 형성과 발전, 작가, 작품의 문학사적 성과와 위치, 문학 종류와 형식의 변모 양상과 특징을 해명

15　은종섭, 앞의 책, 5쪽.

하는데 주의력을 돌리었다.[16]

위의 인용문에서 보는 바와 같이 ②의 은종섭은 주체적 문예 이론에 기초하여 소설의 형태적 특성과 발전 양상을, ③의 김병민은 문학 발전의 법칙과 특징, 작가와 작품의 문학사적 성과, 문학 양식의 변모 양상을 각각 중심축으로 삼고 있음을 밝히고 있다.

은종섭과 김병민은 소설의 발전과 변모 과정에 주목하는 역사주의적 관점이라고 볼 수 있다. 이들의 이러한 관점은 문학사를 기술하는 세부 항목에서도 잘 반영되어 있다.[17] 김윤식, 정호웅의 소설사는 새로운 형

---

16 김병민, 『조선현대문학사』, 연변대학출판사, 2쪽.

17 김윤식, 정호웅의 소설사는 ① 개화공간의 이념적 형식 및 흥미성형식의 출현과 그 변모과정 ② 3·1운동 전후에 등장한 새로운 범주 예술성과 내면의 탐구 ③ 경향소설의 형성과 전개 ④ 리얼리즘 소설의 분화와 그 양상 ⑤ 모더니즘 소설의 형성과 그 분화 ⑥ 해방공간의 문학형식과 현실인식의 소설적 경험양상으로 구성되어 있다. 해방 이후는 ⑦ 한국전쟁의 충격과 새로운 출발의 모색, ⑧ 자유. 평등의 이념항과 새로운 소설 형식, ⑨ 민중주의의 성장과 산업화 시대의 소설, ⑩ 분단. 이산 소설의 전개 ⑪ 대하역사소설의 세계, ⑫ 북한소설개관 으로 되어 있다. 은종섭의 소설사는 ① 신소설의 발생 발전(19세기말~1910년) ② 근대소설의 확립, 일제강점하의 현실을 비판 부정한 소설의 발생 발전(1910년대) ③ 근대소설의 발전, 무산대중의 이해관계를 반영한 소설의 발생(1920년대 전반기) ④ 소설문학의 개화, 무산대중의 이해관계를 반영한 현대소설의 발전(1920년대 후반기~1930년대 전반기) ⑤ 민족적 양심과 진보적 지향을 반영한 소설의 창작(1930년대 후반기~1940년대 전반기) ⑥ 근대 및 해방 전 현대 소설문학 발전의 몇 가지 특성 순서로 전개된다. 또한 김병민은 ① 19세기 말~20세기 초 문학 ② 1910년대 문학 ③ 1920년대 전반기문학 ④ 1920년대 후반기~1930년대 전반기 문학 ⑤ 1930년대 후반기~1940년대 전반기 문학 순서로 되어 있으며, 이는 은종섭의 관점과 크게 다르지 않다.

식의 작품들이 창출되는 전후 맥락과 관계망들에 주목함으로써 특정한 시기에 뛰어난 작품보다는 작품군의 성격 규명에 무게 중심을 두고 있다. 반면 은종섭은 소설사는 소설의 발전 역사와 그 합법칙성을 연구한다는 전제 아래, 소설 작품들의 사상 예술적 특성을 노동계급적 입장과 역사주의적 원칙에서 분석 평가하고, 소설 발전의 시대적 경향과 특징을 밝히는데 집중적인 관심을 기울이고 있다. 김병민은 은종섭의 관점을 근거로 삼되 북한문학사에서 배제되었던 문단의 중요한 특징과 작품들을 폭넓게 수용하는데 치중하고 있다. 사에구사는 특정한 시기의 중요한 특징과 관련하여 대표적인 작가와 작품의 문학사적인 의의를 고찰하는데 중점을 두고 있다.

문학사에서 시기 구분은 중요한 문제 중에 하나이다. 그것은 새로운 양식들이 창출되는 문학의 변모 양상과 통시적인 맥락들을 해석하고 체계화하는 내적 질서이기 때문이다. 사에구사의 소설사는 근대와 현대에 대한 구분을 명시하지 않는 반면, 김병문의 글은 이를 분명하게 설명하고 있다. 은종섭은 근대소설은 봉건적 구속과 질곡에 대한 비판이 자본주의적 지향과 결부되어 발생하였으며, 현대소설은 자본주의적 모순과 악폐에 대한 비판이 노동계급의 계급적 해방과 사회주의적 이상에 대한 지향과 결부되면서 발생하였다고 진단한다. 따라서 현대소설은 노동계급의 역사적 사명과 그것을 실현할 방도에 대한 과학적 신념으로 무장된 창작가들의 세계관적 특성에 기초한 것이며, 인물과 사건에 대한 상세하고 치밀한 객관적 묘사보다 대상의 특징을 명료하게 부각하는 집중적이고 분석적인 묘사를 발전시켰다는 점에서 근대소설과 구별하고 있다. 그리고 현대소설은 1920년대 후반기 이후, 구체적으

로 단편소설 「낙동강」 이후이라고 판단하고 있다.[18]

또한 김병문은 19세기 말엽부터 1918년까지를 근대문학, 1919년부터 1945년까지를 현대문학 그리고 1945년 이후를 당대문학으로 구분하고 있다. 이는 중국문학의 시대 구분을 반영하고 있는 것이다.

이들 소설사는 모두 신소설을 근대소설의 기점으로 삼고 있다는 점에서는 동일한 시각을 드러내지만, 개화기 소설을 기술하는 구체적인 관점에는 차이점이 있다. 김윤식·정호웅은 일본 정치소설과의 영향 관계를 고려하는 반면, 은종섭은 전대 소설과의 계승관계를 천착하고, 김병문은 민족문학의 전통을 계승하면서도 외국문학의 진보적인 요소를 적극적으로 수용하였다는 절충적 입장을 견지하고 있다.(이는 북한의 소설사 인식과 유사성을 지닌다) 은종섭은 개화기 소설에 대하여 '전통단절론 근대문학 이식론 등 비과학적이며 반동적인 견해를 분쇄하고 우리 소설문학 발전의 합법칙성을 철저히 옹호하는데 중요한 의의를 가진다'라고 하면서 실학파 소설과 구전설화를 기초로 하는 국문소설과의 연속성 아래 계승 관련성을 고찰하고 소설사적 의의를 부여하고 있다.[19] 이는 민족적 전통성을 각별히 강조하는 북한의 문학관을 그대로 반영하는 것이다. 그런데 이 소설사는 이인직에 대한 평가를 비교적 객관적으로 기술하고 있다는 점에 이전 문학사와는 달리 진일보한 태도를 보인다. 즉 이인직의 친일 행위와 작품의 문학사적 의의를 구분하여

---

18 은종섭, 같은책, 123~126쪽.

19 은종섭, 같은 책, 20~23쪽.

현대소설의 공간

평가하고 있는 것이다. 이인직은 '씻을 수 없는 오점'을 남겼지만, 신소설의 주제와 인물. 구성과 양식. 묘사와 언어 등에서는 소설 발전을 가져왔다고 소설사적 의의를 부여하고 있다.[20] 필자는 신소설의 내용에 대한 해석은 민중사관에 근거하여 해석하지만, 문체와 성격묘사 등 소설 미학적 측면에 대한 평가는 구체적인 예문을 들어가면서 그 의미를 세밀하게 서술하고 있다. 내용과 형식에 대한 이분법적인 인식은 한계라고 지적할 수 있으나, 경직된 사상성만 강조하던 이전의 문학사와 비교해볼 때 상당히 유연한 태도이다.

2) 선택과 평가의 논리

작가와 작품을 선택하고 평가하는 기준에 있어서 네 소설사는 유사한 점도 있으나, 커다란 차이점이 있다. 즉 네 권의 소설사에 모두 등장하는 작가와 작품이 있는가 하면, 한 권에만 언급되는 작가들도 많고, 동일한 작품에 대한 평가도 엇갈리는 경우도 허다하다. 이를 구체적으로 살펴보기로 한다.[21]

첫째, 네 소설사에 모두 수록되어 있는 작품으로는 이인직의 『혈의 누』, 이광수의 『무정』, 염상섭의 『삼대』 『만세전』 『표본실의 청개구리』, 최서해의 「기아와 살육」 「홍염」, 조명희의 『낙동강』, 이기영의 『고향』,

---

20 은종섭, 같은 책, 51~58쪽.
21 네 권의 소설사에 실려 있는 작품은 총 662편이다. 필자는 이들 목록을 도표화하였으나, 지면 관계상 싣지 못하였다.

채만식의『천하태평춘』, 이상의「날개」등이 있다. 사예구사를 제외한[22] 세 권에서 공통적으로 기술되고 있는 작품은 이인직의『치악산』『귀의 성』『은세계』, 이해조의『빈상설』『구마검』『자유종』『월하가인』『화세 계』『화의 혈』『홍장군전』, 구연학의『설중매』, 이광수의「소년의 비애」 「어린 벗에게」「윤광호」, 김동인의「마음이 옅은 자여」「광화사」「광염 소나타」, 현진건의「희생화」「술 권하는 사회」『무영탑』『흑치상치』, 나 도향의「환희」, 최서해의「탈출기」「고국」「박돌의 죽음」, 강경애의「소 금」『인간문제』「어머니와 딸」「채전」, 이기영의「가난한 사람들」『민촌』 「홍수」「쥐불」「왜가리촌」『농부 정도령』『인간수업』「대지의 아들」「신 개지」, 채만식의「치숙」「소망」등이다. 또한 최서해의「토혈」이효석의 「노령근해」등은 김병민의 문학사를 제외한 세 권에 수록되어 있으며, 박태원의「소설가 구보씨의 일일」『천변풍경』, 이태준의「토끼 이야기」, 이상의「지주회시」등은 은종섭의 소설사에만 배제되어 있고, 송영의 「교대시간」은 김윤식·정호웅의 소설사에만 언급되지 않고 있다.

둘째, 한 권의 소설사에만 수록되어 있는 작품들도 많다. 이동규, 한 인택, 윤세중, 최인준, 차자명, 지봉문, 김만선, 김영석, 윤기정, 김영 팔, 석인해, 이동규, 박승극, 조벽암, 안준식 등은 은종섭의 소설사에만 언급되고 있으며, 최병일의『배나무』「안서방」「상회」최정희의「죽어 버린 미예」김사량의『빛 속에서』이석훈의『조용한 태풍』「봉도물어」 최재서의『민족의 결혼』등 주로 친일 작품들은 사예구사의 글에만 기 술되고 있다. 김이석의「감정세포의 전복」김화청의「별」「육체」, 유항

---

22 이 책에서 언급되는 작품은 55개 정도이다.

림의 「마권」 「구구」, 구연묵의 「유형」 「구우」, 최정익의 「자극의 전말」 등은 김윤식 · 정호웅의 소설사에만 들어 있기도 하다. 북한 소설사에 주목받는 송영, 이북명, 엄흥섭, 윤세중, 한인택 등은 남한 소설사에는 거의 언급되지 않는가 하면, 남한 소설사에서 주목받는 김남천, 김유정, 이태준, 김동리 등은 북한의 소설사에서는 배제되어 있다.

셋째, 동일한 작가를 기술하더라도 어떤 작품을 선택하고 평가하느냐 하는 점에서 큰 차이가 있다. 이광수의 『무정』이 그 단적인 예이다. 남한의 소설사는 이 소설이 이념성과 흥미를 동시에 제시한 작품으로 소설사적 의의를 부여하고, 나아가 시대적 진취성의 관점에서 이광수의 초기 준비론 (타협론)이라는 작가의식을 역사적인 상황과 관련하여 분석해내고 있다. 반면 북한은 이 소설을 부르주아 반동 소설로 단정하면서, 다만 문체와 묘사에는 일정한 의미를 두고 있다. 또한 사에구사는 이 소설의 의의를 민족주의적인 경향이 아니라, 영채라는 인물 창조에 두고 있다. 이 소설은 작가의 개인과 민족의 문제가 복합적으로 얽혀 있는데, 영채는 '춘향'의 전통을 계승하는 인물인 동시에 이광수의 자전적인 생애를 내면화하고 있다는 것이다. 『만세전』도 모든 소설사에서 다 주목하고 있지만, 해석하는 관점은 각기 다르다. 중국의 소설사는 식민지 현실을 반영하였다는 점을, 남한의 소설사는 인물의 정신적 성숙 과정과 내적 형식에 주목한다. 나도향에 대하여 남한의 소설사는 '백조파'와 관련하여 소설세계의 특징과 소설사적 의미를 규명하고 있지만, 북한의 소설사는 계급투쟁의 관점에서 구체적인 작품을 분석하는 데 초점이 놓여 있다. 그리고 강경애, 조명희, 이기영, 송영, 이기영, 나도향, 최찬식 등에 대하여 남한의 소설사는 주로 대표작을 중심으로 특징들을 기술하지만, 은종섭은 다수의 작품들을 열거하면서 주제의식을 탐구하고 있다.

넷째, 중요한 문단의 변화와 소설의 특징에 대한 평가가 서로 다르다. 남한의 소설사는 1930년대 모더니즘 소설에 대하여 중요한 의미를 부여하지만, 북한의 소설사는 이에 대하여 전혀 언급하지 않고 있다. 염상섭과 김동인도 자연주의 반동 작가로 규정하는 등 주체문학론에 고착되어 있는 것이다. 한편 김병민은 〈구인회〉에 대해서 설명하지만, 구인회 작가와 작품에 대해서는 논의하지 않는 등 심도 있는 평가가 결여되어 있다. 또한 사에구사의 글은 이른바 친일문학에 대해서 새로운 시각을 제시한다. 최재서와 최병일 등 친일소설로 평가받는 작품들은 표면적인 이야기와는 달리 이면에는 오히려 일본에 대한 저항의식과 민족의식을 담고 있다는 것이다.

다섯째, 반드시 짚고 넘어가야 할 것은 북한 소설사가 주체문학론을 견지하고 있지만, 논의 대상과 작품 분석에 있어서 폭넓고 객관적인 관점을 유지하고 있다는 점이다. 은종섭의 소설사는 그동안 배제되었던 많은 작품들을 수록하고 있으며, 개별 작품들을 사상 예술적 특성을 전면적으로 분석하려고 노력하고 있다. 비록 이인직, 이광수, 이상 등에 대해서는 혹평을 하고, 여전히 철저히 배제된 작가와 작품들도 있지만, 이전 소설사와 비교해볼 때 상당히 전향적인 태도이다. 작품 평가에 있어서 사상성과 기법적인 측면을 구분하는 태도도 진일보한 것이다. 또한 북한 문학사에서 중시되는 항일혁명문학이 이 소설사에서는 특별히 강조되고 있지도 않다.

현대소설의 공간

4. 결론

지금까지 본고는 남·북한과 중국, 그리고 일본에서 간행된 한국문학사—소설사를 중심으로 문학사 기술의 관점과 시기 구분, 작가와 작품의 평가 등을 검토해 보았다. 그동안 남·북한 문학사는 이데올로기의 대립과 배제론 등이 극복되어야 할 지점으로 지적되어 왔다. 논의 결과, 이러한 문제들이 점차 해결되는 방향으로 문학사—소설사가 변화하고 있다는 사실을 확인할 수 있었다.

1980년대 후반에서 1990년대 문학사에 이르러 북한은 유연하고 확대되는 시각을 보이면서 문학사의 전체적인 골격이 남한 문학사와 유사한 틀을 유지하게 되었다. 은종섭의『조선근대 및 해방 전 현대소설사 연구』는 그러한 결과물이라고 볼 수 있다. 이 소설사에는 이전 문학사에서 배제되었던 이인직, 이광수, 이상 등의 작품을 논의 대상으로 삼고 있다. 이들 작품은 혹평으로 일관하고 있지만, 문체와 기법 등 예술적인 측면에서는 문학사적 의의를 부여하는 객관적인 시각을 드러내고 있다. 하지만 남북 문학사의 기본적인 시각에는 여전히 현격한 차이가 자리하고 있다. 북한 문학사는 주체문학을 근거로 삼고 계급의식과 애국주의적인 내용을 중심축으로 삼고 있는 반면, 남한의『한국소설사』는 작품을 중심으로 내적 맥락을 규명하는 구조주의적 태도를 견지하고 있다.

중국의 한국 문학사는 대안 제시라는 점에서 주목할 필요가 있었다. 이들 문학사는 북한 문학사를 그대로 수용하였던 이전과는 달리, 남한과 북한을 함께 조명하려는 시각들이 두드러지기 때문이다. 하지만 이들 문학사는 아직까지 여러 가지 문제점들을 안고 있다. 가능하면 남북한의 많은 문학 작품을 다루고, 또한 고루 관심을 배분해야 한다는 일종의 강박관념으로 인하여, 문학사가 표피적인 개론서에 머물고 있는 것이다. 남북한문학을 통합하고 내적 질서를 체계화하는 구체적인 관점을 구축하지 못하고, 남북한 문학사의 시각을 혼재시켜 놓은 논리의 부재를 극복하지 못하고 있다. 이는 이질적인 남북한 문학사의 통합이 얼마나 어려운 작업인가 하는 것은 반증한다고 볼 수 있다. 남·북한통합 문학사의 난제는 일본의 한국 문학사에서 좀 더 명확하게 드러난다. 일본은 남북한 이데올로기의 대립이 그대로 반영되어 있다. 일본의 한국 문학사는 이념적 성향에 따라 남한이나 북한의 시각을 수용하고 있으며, 아직까지 객관적인 시각의 한국 문학사는 간행되지 않고 있다. 본고에서 논의 대상으로 삼은 글은 친일문학에 대한 심도 있는 분석을 요구하고 있다는 점에서 주목할 필요가 있다.

통일 문학사 기술은 우리에게 주어진 중요한 과제 중에 하나이다. 이질적인 문학사를 극복하고 통합 문학사를 구축하는 것은 통일시대를 위한 필수적인 요건이기도 하다. 이 논의는 통일 문학사 서술을 위한 기초적인 작업, 즉 문학사-소설사의 이질성과 동질성을 확인하고자 하는데 중점을 두었다.

개화기 소설과 양계초 문학

1. 머리말

양계초만큼 다양한 분야에서 광범위하게 논란의 대상이 되는 인물도 많지 않을 것이다. 그는 근대의 길목에서 사상가, 언론인, 정치가, 학자 그리고 문학인으로서 다중적인 역할을 활발하게 수행하였으며, 그 영향력은 단순히 중국에 한정되는 것이 아니었다. 양계초는 중국의 근대성을 해명하는 중요한 인물로 주목받은 동시에 동아시아의 근대를 이해하는데 핵심적인 인물 중에 하나이다. 따라서 그동안 학계에서는 철학, 역사, 정치, 교육, 문학 등 여러 분야에서 그의 성과를 지속적으로 논의하여 왔다.

양계초가 우리나라에 맨 처음 알려진 것은 1897년 2월 15일자 「大韓獨立協會會報」(2호)에 실린 「청국형세의 가련」을 통해서이다. 이후 1899년 1월 13일자 『황성신문』 외보 란에 양계초의 근황과 함께 『淸議報』가 소개되었으며, 3월 17일자 논설에는 양계초의 「애국론」을 싣고 있다.[1] 이후 『大韓自强會會報』 『大韓協會會報』 『西友』 등과 여러 애국계몽 단체의 기관지들은 양계초의 여러 저작물들을 잇달아 게재하였다. 양계초의 글을 원문 그대로 전재하는가 하면, 번역문이나, 원문을 발췌 요약하는 글도 많이 실렸다.

이러한 양계초의 글들은 주로 당시 개화와 자강을 주창하던 애국계몽 주의자들에 의해 번역 소개되었다.[2] 또한 안창호는 『음빙실문집』을 대성학교 한문교재로 사용하면서, 이 책을 주변에 권하는 것만으로도 애국의 길이라고 말할 정도로 양계초에게 경도되어 있었다.[3] 이러한 양계초에 대한 관심은 그가 보였던 우리나라에 대한 각별한 관심에서도 비롯된다. 양계초는 제국주의의 침략에 당면한 조선의 시국에 대하여 안타까움을 표현하는 여러 편의 글을 발표하였다. 「朝鮮亡國史略」(1904), 「日本之朝鮮」(1905), 「嗚呼韓國!嗚呼韓皇!嗚呼韓民」(1907), 「韓日合倂問題」(1910), 「朝鮮哀詞五律二十四首」(1910), 「日本倂合朝鮮記」(1910), 「朝

---

1 『淸議報』는 변법유신이 실패한 후 일본으로 망명한 유신파들에 의해 1898년 요코하마에서 창간되었다. 당시 서울과 인천에는 『청의보』 보급소가 있었다. 이 보급소는 『청의보』 외에 양계초가 관계하던 『신민총보』 『신소설』 뿐만 아니라, 양계초의 다른 저작물들을 국내에 배포하는 역할을 맡았다. 표언복(2004), 「양계초와 대한제국기 애국계몽문학」 『어문연구』 44집, 438쪽.

2 『淸國戊戌政變記』(현채 역, 1900), 『敎育政策私議』(장지연 역, 1906), 『中國魂』(장지연 역, 1908) 『越南亡國史』(현채 역 1906, 주시경 역 1907, 이상익 역 1907), 『이태리건국삼걸전』(신채호 역, 1906), 「學敎總論」(박은식 역, 1907) 「愛國論第一」(박은식 역, 1907), 「論幼學」(홍필주 역, 1907) 「變法通儀序」(홍필주 역, 1906) 등이 대표적이다.

3 표언복, 앞의 글, 2004, 438쪽.

鮮滅亡之原因」(1910),「麗韓十家文抄序」(1915) 등이 그것이다.[4] 이러한 글들은 전환기에 처한 당시 애국지사들에게 강한 설득력과 호소력을 지녔던 것이다.「夢遊白頭山」(추읍생,『新韓民報』1911. 2. 22~23)라는 소설은 당시 양계초의 영향력을 단적으로 드러내는 예이다. 이 소설은 주인공 '나'가 위기에 처한 고국 소식에 탄식하고 있던 중, 꿈에 양계초를 만나 백두산을 유람하면서 나라를 구할 방도에 대하여 이야기를 듣는다는 내용이다.[5] 즉 당시 양계초는 우리나라에 근대사상을 매개하는 전신자(傳信者)이면서 동시에 애국애족을 고무시키고 애국계몽운동의 좌표를 제시하는 주체로서 인식되었던 것이다.

양계초는 엄격한 의미에서 문학이론가나 작가라고 볼 수는 없지만, 중국의 근대문학 형성기에 소설의 사회적 기능을 강조하는 소설관을 천명함으로써 중국 문학뿐만 아니라 우리나라 개화기 문학에도 중요한 영향력을 행사하였다. 이 글은 양계초의 문학에 관심을 두고자 한다. 그는 우리나라 개화기 문학에 중요한 영향을 미친 인물로 평가받고 있기 때문이다. 문학을 사회개혁과 애국계몽 운동의 중요한 수단으로 삼았던 그의 문학관과 저작물들은 우리나라 개화기 문학과 밀접한 관련성을 지닌다. 이른바 그의 정치소설론과 역사전기문학들은 개화기 소설관 형성과 소설 전개에 직접적인 영향을 끼쳤으며, 그의 개혁사상은 개화기 서사 문학에 중요한 문제의식을 제공하였다. 뿐만 아니라 양계

---

4 최형욱,「양계초의 소설계혁명이 구한말 소설계에 미친 영향」,『중국어문학논집』20
   집, 중국어문학연구회, 2002, 626쪽.
5 이 작품이 실린『新韓民報』는 미주지역 유이민단체인 〈국민회〉에서 간행한 기관지이
   다. 2회에는 소설 제목을「夢裡白頭山」이라고 쓰고 있다. 표언복, 앞의 글, 440쪽.

초의 저작들에 대한 번역은 근대번역문학 전개에도 중요한 계기를 마련하였다.

지금까지 양계초 문학은 문학사와 문학사상, 장르론 등 다양한 시각에서 논의되어 왔다. 이 글은 그동안 전개되어온 양계초 문학 연구의 현황을 정리하고, 앞으로 연구되어야 할 과제에 대해서 짚어보고자 하는데 그 목적이 있다. 이 과정에서 지금까지 전개된 연구 결과를 구체적으로 살펴보고, 이를 통해 양계초 문학의 영향과 문학사적 의의를 규명하고, 나아가 기존 연구의 한계점과 연구 전망에 대해서도 논의하고자 한다. 이러한 논의는 양계초 연구의 시각을 확대하고, 양계초 문학 연구의 방향을 재검토하는 계기를 마련할 수 있을 것이라고 기대한다.

2. 양계초 소설 연구의 현황과 성과

지금까지 논의된 양계초 문학에 관한 연구는 크게 세 가지 유형으로 나누어 볼 수 있다. 첫째, 비교문학적 관점에서 영향 관계를 고찰하는 논의이며, 둘째, 양계초의 문학론과 작품론 등 내재적인 연구이며, 셋째, 번역에 관련한 연구 등이다. 이를 좀 더 상세히 살펴보면 다음과 같다.

1) 양계초의 역사전기문학과 개화기 소설

양계초 문학이 우리나라 개화기 문학에 미친 영향과 수용 양상에 주목하는 비교문학적인 논의는 양계초 문학 연구에서 있어서 본질적이며 중요한 부분이다. 이 연구는 양계초 문학이 개화기 소설 형성과 전개 과정에 일정한 관련성이 있다는 전제 아래, 그 영향 관계를 규명하는 작업이다. 이 관점의 논의는 몇 가지 점에 중요한 성과와 의의가 있다. 우선 개화기 문학의 형성과 발전 과정에 보다 폭넓은 시각을 제시한다는 점이다. 주지하는 바와 같이 그동안 우리나라 개화기 문학은 주로 일본을 매개로 형성되었다는 관점이 지배적이었다. 그런데 양계초 문학 연구는 이러한 인식에서 벗어나, 개화기 문학의 전개 양상을 조명하는데 종합적인 시각을 제시한다. 이 연구 경향은 양계초에 대한 논의가 시작된 1970년대에서부터 제기되어 1980년대에 본격적으로 활발하게 전개되었으며, 이후 지속적으로 진행되고 있다.[6] 특히 서지학적이고 실증적인 방법론을 통해 양계초 문학과 개화기 문학과의 관련성을 고찰하고, 구체적인 부분을 검증해내고 있다. 또한 이 연구들은 근대문학 초기를 개화기라는 용어보다는 애국계몽기, 근대계몽기라고 명명하고, 양계초의 역사전기문학이 이 시기 문학에 미친 영향력에 대하여 그 의

6 민병수 · 조동일 · 이재선(1979), 『개화기의 우국문학─한국문학과 민족의식(Ⅱ)』 신구문화사 ; 이재선(1975), 『한국개화기소설연구』, 일조각 ; 엽건곤(1980), 『양계초와 구한말 문학』, 법전출판사 ; 우림걸(2002), 『한국 개화기 문학과 양계초』 도서출판 박이정 ; 송현호(1995), 「애국계몽기 소설 장르의 형성과 양계초의 역할」 『인문논총』 6, 아주대 인문과학연구소 ; 김영민(2002), 「〈역사전기소설〉의 형성과 전개」 『동양학 학술회의 논문집』.

의를 부여하고 있다. 그것은 역사전기물을 번역, 소개, 저술했던 장지연, 박은식, 신채호 등 대다수가 애국계몽운동의 선두에 섰으며, 이들 애국지사들의 뚜렷한 역사의식과 투쟁의식이 양계초의 의식과 밀접한 관련성을 지니고 있기 때문이다.[7]

요컨대 비교문학적인 연구들은 개화기 시기의 개별 작가와 작품, 문학 사상과 소설론, 장르론, 문체 등에 대하여 다양한 관점과 방법론으로 양계초 소설의 수용과 변용 양상을 논의하고 있다. 특히 신채호, 안국선, 이해조, 이인직[8] 등의 작가의식과 소설의 주제의식을 양계초 문학과의 관련성 아래 조명하고, 영향과 변화의 요소를 분석해냄으로써 문학사적 의의를 조명하고 있다. 이러한 논의를 통해 신채호의 양계초 수용 양상뿐만 아니라 독자성, 즉 단재의 소설관이 시종일관 민족주의적 입장을 견지하며 반외세적 성격을 띠는 반면 양계초의 소설관은 서구

---

7 우림걸(2002), 「20세기 초 양계초 애국계몽사상의 한국적 수용 : 애국사상과 신민사상을 중심으로」『중한인문과학연구』 제8집, 중한인문과학연구회 ; 우림걸(2002), 「양계초 역사 전기 소설의 한국적 수용」『중한인문과학연구』 제6집, 중한인문과학연구회 ; 최형욱(2002), 앞의 글 참조.

8 신일철(1975), 「신채호의 역사 사상연구」 고려대학교 대학원 박사학위 논문 ; 이영신(2000), 「단재 신채호의 문학연구」 성균관대학교 대학원 박사학위 논문 ; 이은해(2002), 「신채호와 양계초의 소설개혁론 비교연구」『한중인문학연구』 9집, 한중인문학회 ; 최옥산(2004), 「'신국민' 만들기와 문학 : 신채호와 양계초의 국민성 탐구」『한국학연구 13집 : 인하대학교 인문과학연구소 ; 성현자(1982), 「양계초와 안국선의 관련 양상」,『인문과학』 48, 연세대 인문과학연구소 ; 성현자(1985), 「신소설에 미친 만청소설의 영향」, 정음사 ; 다지리 히로유끼(2003), 「애국계몽기에 양계초를 매개로 하여 유입된 사회진화론과 이인직 : 「月中兎」 기타를 중심으로」「어문연구」 31권 1호, 한국어문교육연구회.

적 근대화를 목적으로 삼고 있다는 점,[9] 정치-저널리즘-소설로 이어지는 안국선과 양계초의 애국계몽운동과 「民元論」(『夜雷』 2호, 1907.3.5)과 「국민십대원기(國民十大元氣)」(『대학협회보』 12호, 1909. 3. 25)의 관련성,[10] 『자유종』과 양계초의 『동물담』과의 인접성[11] 등이 밝혀지고 있다.

이처럼 양계초의 문학은 개화기 소설 형성과 전개에 중요한 영향력을 행사하였다. 지금까지의 연구 성과를 중심으로 이를 좀 더 구체적으로 살펴보고자 한다.

양계초문학의 영향과 수용 양상을 논의하는 비교문학적인 연구는 양계초 소설과 개화기 소설과의 관련성에 주목한다. 양계초는 戊戌政變(1898)이 사실상 실패하자 일본으로 망명하여 잡지 발간과 저술활동에 몰두하면서 변법유신운동을 지속해 나갔다. 『청의보(淸議報)』, 『신민업보(新民業報)』, 『신소설(新小說)』, 『정론(政論)』, 『국풍보(國風報)』 등에 직간접으로 관여하고, 이를 통해 정치, 사회, 과학, 문학에 이르는 다양한 분야에서의 개혁의지를 설파하였다. 그의 방대한 저술은 『음빙실합집(飮氷室合集)』으로 출간되었으며, '文集'과 '專集'으로 나뉘어져 있는 이 '합집'에는 문학에 관련된 글도 다수 포함되어 있다.

개화기 소설은 크게 신소설과 역사전기소설로 나누어진다. 전자는 허구적이고, 현실 순응적이라면, 후자는 사실적(史實的)이고, 저항적인 경향이 강하다. 전자는 문명개화에 대해 수용적이며, 서술 양식도 이전과

---

9 송현호, 「신채호와 양계초의 '소설개혁론' 비교 연구」 『한중인문학연구』 9집, 2002, 350쪽

10 성현자, 앞의 글, 1982, 176쪽.

11 성현자, 앞의 책, 1985, 141~157쪽.

는 다른 양식을 추구하지만, 후자는 문명개화가 초래하는 위기의식에 주목하며, 서술 양식도 연대기적이고 전통적인 '전(傳)'의 형태를 따르고 있다. 신소설은 주로 소설가들에 의해 창작되었지만, 역사전기소설은 주로 애국지사들에 의해 번역, 번안, 실록의 기술 양식으로 발표되었다. 이 역사전기소설은 역사소설의 전(前)형태로서 근대민족문학의 중요한 특징을 드러낸다는 점에 문학사적인 의의가 크다. 이런 점에서 많은 논자들이 양계초의 역사전기소설과 애국계몽기 역사전기소설의 관련성에 대해서 주목하여 왔으며, 이는 개화기 소설 전개 과정에서 매우 중요한 논의라고 볼 수 있다.

양계초는 1897년부터 신문과 잡지들을 통해 국내에 소개되기 시작하였으며, 사상, 역사, 철학, 문학 등 다방면에 걸친 그의 글들은 당시 지식인들에게 근대사상과 민족의식을 고취시키는 데 중요한 좌표를 제시하였다. 또한 그는 사회 개혁과 애국계몽의 중요한 도구로써 문학과 소설 양식에 주목하였다. 그는 문학론뿐만 작품도 여러 편 발표하였는데, 『新中國未來記』, 『淸國戊戌政變記』(현채 역, 민영환 서, 1909)『越南亡國史』(현채 역, 1906, 주시경 역, 1907, 이익상 역, 1907)『匈牙利愛國歌噶蘇士傳』(이보상 역, 1908)「伊太利建國三傑傳』(신채호 역, 장지연 서, 1907)『羅蘭夫人傳』(역자 미상 『대한매일신보』 연재, 1907. 8 초판, 1908.7 재판),「世界最小民主國』『동물담』, 번역소설『五十小豪傑』『佳人奇遇』『世界末日記』『我皇客中之人鬼』, 희곡『劫灰夢傳奇』『俠情記傳寄』『新羅馬傳奇』 등이 그것이다.[12]

---

12 이 작품들은 역사도 아니고 소설도 아닌 '역사와 소설의 혼성'양식이며, 루가치가 말

『월남망국사』는 베트남의 민족지도자 판 보이 차우가 일본에서 양계초를 만나 고국의 비극적인 현실을 이야기한 결과물이다. 베트남의 멸망, 프랑스인들의 착취, 월남인들의 독립투쟁 등을 주요 내용으로 삼고 있는 이 책은 식민지로 전락한 베트남의 현실을 세계에 알리고 국민들의 의식을 각성시키기 위한 의도로 발간되었다. 이 책은 현채, 주시경, 이상익 등이 국한문혼용체와 한글체로 번역하였다. 번역본이 나오기 이전부터 국내 원본이 팔리기 시작하였으며, 번역본은 재판과 삼판까지 발행할 정도로 인기가 있었다. 이 책은 현채, 주시경, 이익상에 의해 번역되었으며, 현채와 주시경 번역본은 재판과 삼판까지 발행되었다. 현채 번역본(국한문혼용)은 1906년 11월에 초판, 1907년 5월에 재판이 발행되었으며, 주시경 번역본(한글본)은 1907년 10채에 초판, 1908년 3월에 재판, 1908년 6월에 삼판이 발행되었다.[13] 1908년 7월 31일자『경향신문』에는『월남망국사』의 내용 중 프랑스 선교사들이 제국주의의 앞잡이로 오해될 소인이 다분하여 이를 바로 잡는다는 내용의 글(「근래

하는 '역사의 문학적 조작(操作)'이다. 이러한 작품들은 주로 역사적 사실(史實)을 바탕으로 서술한 것으로, 현재 '소설'의 개념과는 차이가 있다. 잔 다르크의 일생을 다룬『애국부인전』(장지연)은 그 표제와 함께 '신소설'이라는 명칭이 명기되어 있으며, 실러의 희곡인 빌헬름 텔의 번안소설인『서사건국지』(박은식)도 '정치소설'이라고 명기하고 있다. 그런데 두 작품은 허구적인 이야기가 아니라 역사적 사실을 바탕으로 영웅적인 인물의 전기(傳記)를 서술한 것이다. 즉 개화기의 '소설'은 허구적인 상상력뿐만 아니라 역사적 사실에 근거한 서사(敍事)에도 사용하였으며, 이러한 '역사전기'는 역사소설의 전형태(前形態)로서 역사소설의 한 유형으로 볼 수 있다. 마찬가지로 희곡도 현재의 개념과는 차이가 있다. 양계초는 정치소설 속에 희극(희곡)을 포함시키고 있으며, 『新民叢報』등에서는 傳奇를 소설범주에 포함시키고 있다.

13 최형욱, 앞의 글, 2002, 625쪽.

나는 책을 평론, 월남망국사」)을 게재하는 등 파급 효과가 컸다. 『이태리건국삼걸전』은 이태리 통일의 주역인 마치니, 카보우르, 가리발디의 영웅적 일생과 위업을 담은 전기소설이며 신채호가 우리말로 번역하였다. 번역본 서문에서 신채호는 우리나라와 이탈리아의 유사성을 거론하면서 한 나라의 흥망이 애국자의 유무에 크게 의존하고 있음과 아울러 영웅과 생사고락을 함께하는 민중의 힘을 역설하고 있다.[14] 『라란부인전』은 양계초의 『근세제일여걸라란부인전』을 번역한 것이며, 내용은 프랑스 혁명 당시 라란 부인의 활약과 순교를 서술하고 있다. 소설 말미에는 여성 해방과 계급 해방 등 근대 사상을 드러내고 있다. 이러한 작품들은 허구적인 서사가 아니라 역사적 사건과 인물에 대한 기술이며, 애국사상과 구국의지에 대한 계몽을 강조하고 있다.

한 가지 주목할 것은 이러한 양계초의 역사전기문학들이 번역되면서 이후 국내에는 상당히 많은 역사전기소설들이 번역, 번안, 창작되기 시작하였다는 점이다. 이 시기에 발표된 대표적인 작품들은 다음과 같다.

『비사맥전』(황윤덕 역, 1907), 『애국부인전』(장지연 번안, 1907), 『서사건국지』(박은식 번안, 1907), 『미국대통령 카퓌일트전』(현공겸, 1908), 『화성돈전』(이해조 역, 1908), 『대동사천재 제일대위인 을지문덕』(신채호 저, 1908), 『수군제일위인 이순신전』(신채호 저, 1908) 『연개소문전』(박은식 저), 「강감찬」(우기선 편, 1908), 『피득대제』(김연

---

14 이 작품은 1907년 신채호가 국한문체로 번역하여 광학서포에서 발간하였으며, 1908년에는 주시경이 국문본을 박문서관에서 발간하였다.

현대소설의 공간

일역, 1908), 『몽견제갈양』(유원표, 1908), 『부란극림전』(이시후 편, 1911), 『의태리국 아마치전』, 『법황나파륜전』, 『강철대왕전』, 『동국거걸최도통전』(신채호, 1909~1910) 『최고운전』, 『신입신대장기』, 『천강홍의장군』, 『녹림호걸임꺽정전』 등[15]

　이러한 역사전기소설은 주로 서구의 전사(戰史)와 민족 영웅들의 구국 투쟁사를 통해 강한 애국심과 민족의식을 담아내고 있다. 단순히 역사적인 인물의 영웅적인 생애에 대한 기술에 그치는 것이 아니라, 제국주의 침략에 직면한 국가적인 위기에 대한 자각과 강한 저항의지를 내포하고 있는 것이다. 『이태리건국삼걸전』을 번역한 신채호는 『이순신전』『을지문덕전』『최도통전』을 발표하였는데, 이는 이순신, 을지문덕, 최영이 우리나라의 삼걸이라는 의미를 담고 있다. 또한 『을지문덕전』은 서술방법과 체제도 『이태리건국삼걸전』과 유사하다.[16] 그는 을지문덕의 영웅적인 활약상을 기술하면서 우리 민족이 과거에는 강하고 용맹스러웠으나 지금은 그렇지 못함을 개탄하고, 그 원인으로 문치와 사대주의의 폐해를 지적하고 있다. 박은식의 『연개소문전』도 연개소문의 생애를 통해 애국심과 민족의식을 강조하고 있다. 이러한 국내의 역사전기소설은 애국사상과 독립 자강 사상을 강조하고 있다는 점에서 양계초의 역사전기소설과 그 저술의도가 동일하다.[17] 안국선도 양계초의 영향을 가장 구체적으로 드러내는 인물이다. 그의 「民元論」(『夜雷』 2호, 1907. 3.

15　민병수 · 조동일 · 이재선, 앞의 책, 1979, 138~139쪽.

16　표언복, 앞의 글, 2004, 446쪽.

17　송현호, 앞의 글, 1995, 참조.

5)은 양계초의 「국민십대원기(國民十大元氣)」(『대학협회보』12호, 1909. 3. 25)와 동일한 내용이다.안국선과 양계초는 정치-저널리즘-소설의 관계로 이어지는 경로 역시 동일하다.

양계초의 소설은 역사전기소설뿐만 아니라 신소설 창작에도 영향을 미쳤다. 양계초의 저서를 번역한 이풍호는 신소설 「계명성」을 썼으며, 「오십소호걸(五十小豪傑)」을 중역한 민로호(閔濾鎬)는 「동정추월(洞庭秋月)」과 「마상루(馬上淚)」를, 양계초의 논저를 소개하는 『서우(西友)』에 깊이 관여한 이해조와 안국선은 각각 『자유종』『구마검(驅摩劍)』과 『금수회의록(禽獸會議錄)』을 발표하였다. 특히 토론체 소설인 『자유종』과 『금수회의록』이 양계초의 『동물담』과 서술양식과 주제의식에 있어서 유사성을 보인다. 양계초의 「동물담」은 갑을병정 4인이 동물의 이야기를 대화형식으로 서술하는 우화소설이다. 갑화는 일본 북해에 서식하는 고래 이야기, 을화는 이태리의 계곡에 사는 맹목어 이야기, 병화는 프랑스 파리의 양 이야기, 정화는 런던 사원에 진열된 잠자는 사자 이야기이다. 이러한 서사는 당시 전환기에 처한 중국의 역사적 현실과 자강에 대한 자각을 우화적으로 표현하는 것이다. 또한 『금수회의록』은 도입 액자에서 현실의 타락과 비리, 인간들의 몰지각한 행위를 지탄하고, 이어서 까마귀(효도), 여우(간교), 개구리(오만), 벌(표리부동), 개(지조), 파리(우애), 호랑이(학정), 원앙(신의) 등을 통해 당대 사회적 윤리 및 의식에 대한 비판과 아울러, 외세에 대한 경계의식을 드러내고 있다. 『자유종』은 하루 밤 사이에 벌어진 열띤 논쟁을 중심 내용으로 삼고 있는데, 이매경, 신설헌, 강금운, 홍국란, 설헌 등이 등장하여, 여성들의 몽 함과 몸의 허약함, 학문의 필요성, 한문 폐지와 한글 사용, 여권시장과 태교법, 자식교육, 적서차별 등에 대해 토론하면서 근대 의식을 강조하고 있다. 이처럼 이 소설들은 주제와 서술양식에 있어서 유사하다. 즉 구체적인 현실을 통해 비판의식을 드러내면서, 풍자와 토론 등 다양한 서술 기법을 모색하고 있다는 점에서 소설사적으로 중요한 의미를 지니며, 동시에 양계초 문학과의 관련성에 주목하지 않을 수 없다.[18]

이해조의 소설뿐만 아니라 개화기에는 여러 작가들에 의해서 대화체 소설, 토론체 소설, 우화 등 다양한 서술 양식이 시도되었으며, 이 소설들은 풍자적인 어희(語戲)와 우화(寓話)를 통해 현실에 대한 강한 비판의식을 드러낸다는 공통점이 있다. 이러한 소설들의 서술기법과 주제의식 등은 양계초 소설과 일정한 관련성을 지닌다고 볼 수 있다.[19]

지금까지 살펴본 바와 같이 양계초 소설은 우리나라 개화기 소설 형성 과정과 밀접한 관련성을 지닌다. 양계초의 역사전기소설은 민족의 영웅상이 절대적으로 필요하고, 또한 그들의 행적과 교훈을 널리 알리고자 했던 계몽 담론에 매우 적절한 교재였으며, 양계초의 서술양식은 신소설의 다양한 기법을 추구하는데 영향을 미쳤던 것이다.

18 성현자, 「양계초와 안국선의 관련양상—동물담과 금수회의록을 중심으로」『인문과학』 48집, 연세대 인문과학연구소, 1984, 176쪽.
19 「쇼경과 안즘방이 문답」(1905), 「거부오해」(1906), 「금수회의록」(1908), 「자유종」(1910) 등이 그 대표적인 소설들이다.

2) 양계초의 문학론과 작품론

양계초의 연구 중 또 하나 주목할 것은 양계초 문학에 대한 내재적인 연구이다. 이 연구는 부분적으로 전술한 영향 관계와 관련성이 있지만, 영향과 수용에 초점을 두는 것이 아니라 양계초 문학 자체에 관심을 기울이는 논의이다. 양계초의 소설관,[20] 문학사상[21] 개별 작품[22] 그리고 전기와 시, 산문[23] 등에 이르기까지 다양한 관점에서 연구가 진행되고 있으며, 그 성과도 주목할 만하다. 국문학계에서는 양계초와 개화기 문학과의 영향 관계에 주목하고 있다면, 이 내재 연구는 주로 중국문학 전

---

20 김근희(1991), 「양계초의 소설론 연구」, 『중국문학』 19집 ; 오순방(2004), 「비소설가의 소설개혁운동 : 양계초와 임서를 중심으로」, 『중국어문논역총간』 제12집 ; 김태관(2003~2004), 「양계초의 소설계혁명 이론의 전개과정 1~2」 『동의논집』 제39~40집, 동의대학교 ; 왕국덕(2003), 「양계초 정치소설 초탐」 『중국인문과학』 제27호, 중국인문학회.

21 김학주(1985), 「양계초의 문학사상」, 『전환기의 동아시아문학』(서울 : 창작과비평사) ; 최형욱(1996), 「양계초의 문학혁명연구」, 연세대학교 대학원 박사학위 논문 ; 허강인(2006), 「양계초적실용주의문학연구 : 以三界革命爲中心」 『중국어문학논집』 제38호, 중국어문학연구회 ; 이상우(2002), 「양계초의 계몽예술론」 『미학』 제32집. 한국미학회.

22 최원식(1983), 「아시아의 연대 – 『월남망국사』 소고」 『한국문학의 현단계』(서울 : 창작과비평사) ; 김병민(2005), 「동아시아의 근대화와 중국의 한국형상 : 양계초의 〈조선애사 오율24수〉를 중심으로」 『숭실 어문』 21호 ; 김병민(2000), 「양계초와 그의 「조선애사」 5율24수」 『민족문학사연구』 16집, 민족문학사연구소.

23 최형욱(2008) 「양계초의 건기관연구」 『중국중문』 제42집, 한국중국중문학회 ; 박경실(2008), 「양계초 산문에 나타난 현실의식」 『중국어문논역총간』 제23집, 중국어문논역학회, 한국중어중문학회 ; 양귀숙, 송진한, 이등연(2003), 「양계초의 시문에 나타난 조선문제인식」 『중국인문과학』 제26호, 중국인문학회 ; 김주현(2006), 「「천희당시화」의 성격과 위상」 『어문학』 91권.

공자들에 의하여 전개되고 있다. 이러한 논의들을 통해 양계초의 정치 소설론과 소설개혁론, 애국계몽주의 사상과 근대사상의 본질 그리고 변화 양상 등에 이르기까지 상당 부분이 해명되고 있다. 또한 양계초 문학이 지니는 중국근대소설사적 의의와 함께 그 한계점과 오류에 대해서도 심도 있게 논의되고 있다.[24]

양계초는 여러 편의 문학론을 통해 기존 문학 장르의 진부함을 지적하면서 다양한 분야에 있어서 문학 개혁을 주창하였다. 新詩 新文體 新小說 新演劇 등이 그것이다. 그 중에서 양계초가 가장 관심을 기울인 장르는 소설이다. 특히 그는 사회 개혁과 애국계몽의 중요한 도구로써 소설 장르에 주목하였다. 『論幼學』에서 그는 청소년 교육의 당위성을 강조하면서 가르쳐야 할 일곱 분야로 識字書, 文法書, 歌訣書, 問答書, 說部書, 門徑書, 名物書 등을 제시하고, 說部書에 그의 소설관을 피력한 글이다. 이 글에서 그는 언문불일치의 문제점을 제기하면서 속어를 사용한 소설이 일반 대중에게 환영받는다고 지적하고, 속어로써 성인의 가르침과 역사적 사실을 서술하고, 이를 통해 말세의 풍속을 바로잡는데 도움이 되어야 한다고 주장하고 있다. 『時務報』에 발표된 일련의 글을 통해서도 그는 문맹의 심각성에 주목하면서 변법자강의 효과적인 수단으로 소설의 중요성을 강조하고, '어린 아이들과 어리석은 백성을 가르치기 위해 소설의 힘보다 나은 것이 없다'는 점을 역설하고 있다. 이처럼 양계초 소설론은 문체 개혁과 소설의 사회적 효용성으로부

---

24 왕국건, 「양계초 소설미학사상의 내재적인 모순」 『동아인문학』 3권, 2003.

터 출발한다.[25]

양계초가 소설 개혁에 본격적으로 관심을 가진 시기는 무술변법이 실패한 후 일본에 망명하고 중국 국민성 개조를 위해 계몽활동에 주력했던 시기이다. 그의 소설론은 일본 정치소설의 영향을 받으면서 좀 더 구체화된다. 그는 명치유신에 긍정적인 의의를 부여하였던 만큼, 명치유신 이후 유행한 정치소설에도 관심을 가졌다. 따라서 일본 근대문학 즉 당시 유행하던 일본 정치소설의 영향은 양계초의 문학론 형성에 많은 영향을 미친 것으로 보인다"[26] 그런데 일본 망명 중(1898-1902) 일본 정치소설의 영향을 받았다는 견해가 있는가 하면, 정치소설과 쇼오의 근대소설관이 복합적으로 영향을 미쳤다는 견해[27]도 있다. 일본 근대문학은 서구문학을 소개 번역하면서 자유 민권과 근대문명의 정치적 계몽을 목적으로 하는 소위 '정치소설'이라는 문학형태를 낳았다. 대표작은 失野龍溪(야노류케이)의 『경국미담(經國美談)』, 東海散士(도카이산시)의 『가인지기우(佳人之奇遇)』 등이다. 이 정치소설은 순수문학이라기보다는 당시 사회지도자의 정치적 관심의 표현이었으며, 에도시대의 문학이 아녀자들의 전유물이라는 전통적 사고방식을 깨면서 새로운 문학 형성에 중요한 요소로 등장한 것이다.[28] 즉 일본의 정치소설은 민권주의의 정치투쟁을 반영하고 그 수단으로 이용된 특수한 문학적 양식

---

25 김근희, 「양계초의 소설론 연구」, 『중국문학』 19집, 1991, 117~118쪽.

26 송현호, 앞의 글, 2002, 350쪽.

27 백지운, 「한 중 일 근대소설과 문학이론의 문제」 『중국현대문학』 제16집 중국현대문학학회, 1999.

28 송현호, 앞의 글, 2002, 350~352쪽.

의 총칭이며, 정치적 이데올로기를 주축으로 한 국사소설(國事小說)을 지칭한다.[29] 당시 정치소설은 정치여론 형성에 강력한 무기가 되었으며, 허구적인 서사라기보다는 역사적 기술에 의미를 두는 경향이 짙다. 따라서 이는 문학적 가치보다는 청년 지식인들의 문학에 대한 관심을 높이는데 기여하였다는 문학사적 의의를 지닌다.[30]

양계초는 「譯印政治小說序」「論小說與群治之關係」라는 두 편의 글을 통해 자신의 정치소설론을 보다 분명히 밝히고 있다. 양계초는 「번역에 있어서 정치소설에 대한 우리의 감각」이라는 글에서 처음으로 정치소설이라는 단어를 사용하였는데, 「譯印政治小說序」은 정치소설론의 출발점이 되는 글이다. 이 글에서 그는 중국의 고소설 특히 『홍루몽』류의 남녀애정담과 『수호지』류의 영웅담이 「誨盜誨淫」의 폐해를 조장하였음을 지적하면서 고소설의 전통을 부정하고, 소설과 정치변혁의 밀접한 관련성에 대해 강조하면서 정치소설론을 주장하고 있다. 이러한 정치소설론은 「論小說與群治之關係」에서 좀 더 구체적인 방향으로 나아간다. 이 글은 양계초가 주도한 『新小說』 창간호(1902)에 실렸는데, '소설계 혁명'을 통해 사회전반의 변혁을 도모하려는 내용을 주요 골자로 삼

---

29 김윤식 · 김현, 『한국문학사』, 민음사, 1981, 97~98쪽.

30 당시 일본 문단은 정치소설을 부정하는 목소리도 많았다. 坪內逍遙(스보우치 쇼오)의 『소설신수(小說神髓)』가 그 대표적이라고 할 수 있다. 이 글에서 쇼오는 문학은 도덕과 정치의 선전 수단이 아니며, 독자적인 기능을 지닌 영역임을 주장하면서, 서양의 근대 문학의 사실주의를 강조하였다. 양계초의 문학관은 일본 망명 중(1898~1902) 당시 유행하던 일본 정치소설에 많은 영향을 받았다는 견해와 정치소설과 쇼오의 근대소설관이 복합적으로 영향을 끼쳤다는 견해도 있다. 백지운(1999), 「한 중 일 근대소설과 문학이론의 문제」 『중국현대문학』 제16집호 중국현대문학학회, 참조.

고 있다. 그는 소설과 사회 개혁의 밀접한 관련성에 대해 다음과 같이
주장하고 있다.

> 한 국가의 백성을 새롭게 하려면 한 국가의 소설을 새롭게 하지 않
> 으면 안된다. 그러므로 도덕을 새롭게 하려면 반드시 소설을 새롭게
> 해야 하고 종교를 새롭게 하려면 반드시 소설을 새롭게 해야 하고,
> 정치를 새롭게 하려면 반드시 소설을 새롭게 해야 하고 풍속을 새롭
> 게 하려면 반드시 소설을 새롭게 해야 하고 학예를 새롭게 하려면 반
> 드시 소설을 새롭게 해야 한다. 이에 사람의 마음을 새롭게 하고 인
> 적을 새롭게 하려는 데 이르면 반드시 소설을 새롭게 해야 하는 것이
> 다.[31]

이와 같이 양계초는 정치, 도덕, 종교, 풍속 등 사회를 혁신하기 위해
소설 혁신이 필요하다는 점을 강조하고 있다. 이에 따라 그동안 전통적
으로 소설을 경시하던 풍조를 부정하고, 문학에서 차지하는 소설의 역
할에 주목하면서 소설의 위상을 상대적으로 높이 평가하고 있다. 소설
은 다른 세상을 경험할 수 있게 해주고 인간의 마음을 주조하고 형성시
키는 전환의 힘과 이상적인 면이 있으며, 세상사의 숨겨진 진실과 동기
를 설명하는 즉 사실적인 면을 가지고 있다는 점을 들어 양계초는 소설
의 힘과 유용성에 대하여 주목하고 있는 것이다. 또한 이 글에서 양계
초는 소설에 대한 새로운 인식을 드러내는데, 그것은 소설의 미적 기능
과 예술의 특수성에 주목한다는 점이다. 소설을 이상파 소설과 사실파

---

31 『飮氷室文集之十 · 論小說與群治之關係』, 6쪽. 김근희(1991), 앞의 글, 121쪽, 재인용.

소설로 구분하고, 전자는 간접 경험을 통해 시야를 넓혀주고 현실을 초월한 환상과 공상의 세계를 자유로이 노닐 수 있으며, 후자는 직접 경험을 통해 그 의미를 확인하고 다른 사람과 공유할 수 있는 특징이 있음을 밝히고 있다. 양계초는 이러한 두 가지 소설의 덕목과 아울러 소설의 네 가지 역량을 서술함으로써 예술의 특수성에 대한 인식을 심화시킨다. '薰, 浸 刺 提'가 그것이다.[32] 나아가서 그는 중국사회의 부패의 총근원이 바로 소설이기 때문에, '군치를 개량하고자 한다면 반드시 소설계혁명에서 시작하여야 한다고 결론을 맺고 있다. 즉 정치적 혼란을 소설의 사회적 효용성을 빌어 해결하고자 하는 소설관을 천명하고 있는 것이다. 이 글은 단순히 소설의 사회적 효용성을 강조하는 것에 그치는 것이 아니라, 효용성의 근거를 소설의 예술적 특수성에서 찾아내려고 시도하였다는 점에서 진일보한 것이다. 요컨대 소설은 '國民之魂'이기 때문에 문체, 주제의식, 기법 등이 새로운 신소설을 써야 하며, 이를 통해 민중과 사회를 개혁하는 수단으로 삼아야 한다는 양계초 소설론의 핵심이다.[33]

이러한 양계초의 소설관은 우리나라 개화기 소설관 형성과 밀접한 관

---

32 薰(훈)은 소설에 감동되는 것, 침(浸)은 소설이 여운을 주는 것, 자(刺)는 소설이 주는 刺激力, 제(提)는 소설과의 동일시를 가리킨다. 그에 의하면 소설은 이 네 가지 힘을 가장 쉽게 기탁할 수 있는 장르라는 것이다. 그리고 감동을 의미하는 훈을 개인적 차원이 아니라 사회 전체 전 세계 나아가 영원의 세계로 확산되는 개념으로 파악하고 있다. 또한 刺激力은 문자보다는 언어의 편이 빠르고 극적이지만 언어가 지니는 공간과 시간의 제약성 때문에 문자에 의존할 수밖에 없으며 文言보다는 俗言이 莊論보다는 寓言이 刺激力이 크고 소설이 이 힘을 최대한으로 갖추고 있다고 지적하고 있다.

33 소설론은 주로 김근희, 「양계초의 소설론 연구」, 『중국문학』 19, 1991 참조.

련성을 지닌다. 그것은 지사(志士)의식이 강했던 당대 현실에서 애국지사들에게 강한 설득력을 지녔기 때문이다. 신채호의 소설관이 대표적이라고 볼 있다. 신채호의 「근금 국문소설 저자의 주의」 「소설가의 추세」 「문예계 청년에게 참고를 구함」 「조선혁명선언」 「낭객의 신년만필」 등은 양계초의 소설관을 잘 반영하고 있다. 이러한 글에서 그는 '소설을 국민의 혼' '국민의 나침판'이라고 전제하고, 소설이 국민을 선도해갈 정신적 지침임을 강조한다. 또한 국문소설의 대중적 효능에 주목하면서, 문학은 현실적으로 사회에 좋은 영향을 미치지 못할 때에는 그 존재 의의를 상실하게 된다고 단언하고, 허탕무거한 내용을 담고 있는 재래의 고소설을 혁파한 자리에 민중을 계도할 수 있는 신사상을 담은 '신소설'을 창작해야 한다고 주장하였다. 그리고 신소설은 국문이어야 하고, 국문소설은 애국계몽사상을 담아야 한다는 점을 강력하게 요청하고 있다. 또한 박은식은 「서사건국지 서」에서 조선인이 애국심을 잃고 노예사상에 빠진 책임을 전적으로 소설 탓으로 돌리고 있다. 구미 각국과 일본은 좋은 소설이 있어서 국성을 배양할 수 있으나, 우리나라는 「구운몽」 「남정기」 「수호지」 『숙영낭자전』 등이 풍속을 해치고 정치와 제도에 해로움이 적지 않다는 것이다. 노익형도 「월남망국사 서」에서 국문 소설을 주창한 양계초의 소설론과 동일한 논리를 펼치고 있다. 이들은 양계초의 글을 읽고 번역하는 과정에서 그의 소설론에 크게 영향을 받고 경도되어 있었던 것이다.[34]

---

34 송현호, 앞의 글, 1995 참조.

3) 양계초 문학의 번역

양계초 문학 연구 중에 또 하나 관심을 기울여야 하는 것은 양계초 저작들의 번역에 관한 논의이다. 이 연구들은 원텍스트에 초점을 맞추면서 원작과 번역본과의 차이를 규명하는데 관심을 두고 있다. 즉 원작과 번역물의 내용과 주제의식, 형식과 문체 등의 차이를 비교하거나 양계초와 역자 사이에서 발생하는 사상의 차이를 검토하는 등 번역 과정에서 발생하는 여러 가지 문제를 연구한다, 또는 국한문혼용체 번역본과 한글 번역본을 비교 분석함으로써 번역본에 주목하기도 한다.[35]

이러한 연구는 양계초 문학의 번역뿐만 아니라, 첫 번째 영향과 수용 문제를 논의하는데 있어서 보다 정확한 관점을 제시한다는 점에서도 중요한 성과라고 볼 수 있다. 한 가지 더 주목할 것은 단순히 번역에 한정하지 않고 당대 번역물의 유통 과정과 독서 환경 등 매체와 독자의 문제에도 관심을 기울이는 등 연구 영역이 점차 심화, 확대되고 있다는 점이다.[36]

---

35 송근휘(2006), 「『월남망국사』의 번역과정에 나타난 제문제」『어문연구』 34권 4호 ; 정승철(2006), 「순국문 이태리건국삼걸전(1908)에 대하여」『어문연구』 43권 4호, 한국어문교육연구회 ; 정환국(2004), 「근대 계몽기 역사전기물 번역에 대하여 : 『월남망국사』와 『이태리건국삼걸전』의 경우」『대동문화연구』 48집, 성균관대학교 동아시아학술원 ; 백광준(2007), 「19세기 말 중국 담론의 수사와 번역 : 『시문보』『청의보』『동방잡지』『민보』를 중심으로」『중국중문학』 제41집 ; 이종미(2006), 「『월남망국사』와 국내 번역본 비교연구—현채본과 주시경본을 중심으로」『중국인문과학』 34집 ; 송성준(2007), 「『이태리건국삼걸전』의 동아시아 수용양상과 그 성격」 성균관대학교 대학원 석사학위 논문.

36 정환국(2004), 「근대계몽기 역사전기물 번역에 대하여」『근대전환기 언어질서의 변

3. 양계초 문학 연구의 전망과 과제

지금까지 이 글은 양계초 문학 연구의 현황을 짚어보고, 연구 성과를 중심으로 개화기 문학과 양계초 문학과의 관련성에 대하여 살펴보았다. 논의 결과를 요약하면 다음과 같다.

양계초 문학에 대한 연구는 비교문학적인 관점과 내재적인 연구 그리고 번역에 대한 실증적인 연구에 이르기 까지 다양한 관점에서 진행되어 왔으며, 그 결과 양계초 문학이 한국문학 전개 과정에 미친 영향과 관련성, 양계초 문학의 특성 등을 이해하고 해명하는데 중요한 부분들을 밝혀냈다는 점을 확인할 수 있었다. 그런데 양계초 문학에 대한 연구는 해결해야 할 과제도 많다.

첫째, 양계초의 소설관이 개화기 소설에 미친 영향, 즉 수용과 굴절 양상에 대하여 좀 더 면밀히 살펴보는 작업이 요구된다는 점이다. 개화기는 한국문학사에서 몇 가지 중요한 의미를 지닌다. 조선조 문학에서 근대문학으로 이행하는 과도기적인 문학이며, 또한 외세에 대한 저항과 수용이라는 이중적인 시대적 과제에 직면하였던 문학이다. 뿐만 아니라 신문과 잡지의 발달로 작가와 독자층이 확대되고, 문학관과 장르론, 양식과 문체 등에 이르기까지 문학에 대한 다양한 모색과 논의가 활발하게 전개되었던 시기의 문학이기도 하다. 이러한 개화기문학에 양계초 문학이 구체적으로 어떤 영향을 미쳤는지에 대해서 보다 치밀

동과 근대적 매체 등장의 상관성 2」. 대동문화연구소논문집; 정선태(2003), 「근대계몽기의 번역론과 번역의 사상」『배달말』33집.

한 고증과 논의가 진행되어야 할 것이다. 나아가서 단순히 양계초에 한정하는 것이 아니라 서구사상과 문학이 중국 또는 양계초라는 경로를 통해 수용되는 과정을 밝히고, 이것으로부터 국내 수용과 굴절 양상에 대해서도 구체적으로 점검할 필요가 있다.

둘째, 문학사상사적인 측면에서의 논의가 좀 더 심층적으로 전개되어야 할 것으로 보인다. 전술한 바와 같이 양계초 소설은 한문에 능통한 우국지사들과 작가들에 의해 번역 소개되었으며, 이는 문학사상 형성과 애국계몽문학 전개에 핵심적인 역할을 담당하였다. 그동안 이 분야에 대한 연구는 개화기의 다른 작가와 작품들에도 확대하여 고찰할 필요가 있다.

셋째. 번역에 대해서도 좀 더 정확한 텍스트 분석이 필요하다. 즉 원본과 저본, 번역본 사이의 비교 분석 등에 대한 검토가 보다 실증적으로 이루어져야 한다. 이러한 문제는 개화기의 번역문학과 문체에 중요한 자료를 제공한다는 점에서 중요한 작업이다.

넷째, 무엇보다도 양계초 문학과 텍스트 자체에 대한 내재적인 연구가 좀 더 본격적으로 진행되어야 하며, 나아가서 이러한 관심이 한 · 중 · 일, 동아시아 근대문학이라는 넓은 범주 안에서 확장될 필요성도 제기되고 있다.

이 글은 양계초 문학 연구의 기초적인 작업에 초점을 두고, 주로 기본적인 연구 성과를 정리하고 과제를 제시하는데 관심을 기울였다. 그런데 최근의 연구 성과를 충분히 수렴하지 못했다. 이를 보완하고, 양계초 소설에 대한 구체적인 논의는 다음의 논고로 미루기로 한다.

▪▪▪ 참고문헌

1. 자료

김병민, 『조선현대문학사』, 연변대학출판사, 1994.

김유정, 「홍길동전」, 『신아동』 제2호, 1935.

김유정기념사업회 편, 『김유정전집』, 김유정기념사업회, 1994.

김춘택·은종섭, 『조선문학사』(1~2), 김일성종합대학출판사, 1982

류 만 외, 『조선문학사』(7~15), 사회과학출판사, 1991~2000.

박태원, 『홍길동전』, 금융조합연합회간, 1947

사회과학원 문학연구소, 『조선문학사』(1~5), 과학백과사전출판사, 1977~1980.

안수길, 『명아주 한포기』, 문예창작사, 1977.

_____, 『북향보』, 문학출판공사, 1987.

_____, 『안수길선집』, 어문각, 1981.

연변대학 조선언어문학연구소(편), 『중국조선민족문학대계 9, 소설집 현경준』,
　　　　흑룡강조선민족출판사, 2002.

은종섭, 『조선근대 및 해방 전 현대소설사 연구』, 김일성종합대학출판사,
　　　　1986.

이상경 편, 『강경애 전집』, 소명출판사, 2002.

이효석, 『새롭게 완성한 이효석전집』 1권~8권, 창미사, 2003.

전신재 편, 『원본김유정전집』, 도서출판 강, 2000.

정홍교·박종원·류만, 『조선문학개관』(1~2), 사회과학출판사, 1986.

현대소설의 공간

허균, 『홍길동전 · 전우치전』, 한국고전문학전집 7, 김현양 옮김, 문학동네, 2010.

三枝 壽勝, 『韓国文学を味わう』, 国際交流基金アジアセンター, 1997.
白川 豊, 「朝鮮の近代文学の歩み」, 九州産業大學公開講座 11, 九州産業大學出版會, 1997
渡辺 直紀, 「韓國. 朝鮮文學硏究. 教育のための文献解題」, 한국어 교육론 강좌, 제4권, 구로시오출판, 2008.

2. 단행본

강동진, 『일본근대사』, 한길사, 1988.
강창일, 『근대 일본의 조선침략과 대아시아주의』, 역사비평사, 2002.
고승제, 『한국이민사연구』, 장문각, 1973.
김열규 외, 『한국문학사의 현실과 이상』, 새문사, 1996.
김영호 편, 『일제하 한국사회구성체론서설』, 청하출판사, 1983.
김왕배, 『도시, 공간, 생활세계-계급과 국가 권력의 텍스트 해석』, 한울, 2000.
김유정학회 편, 『김유정의 귀환』, 소명출판, 2012.
김윤식 · 김현, 『한국문학사』, 민음사, 1981.
_____, 『안수길 연구』, 정음사, 1986.
_____ · 정호웅, 『한국소설사』, 문학동네, 2000.
김인환 외, 『강경애, 시대와 문학』, 랜덤하우스코리아, 2006.
김장선, 『위만주국 시기 조선인 문학과 중국인 문학의 비교연구』, 역락, 2004.
김재용 외, 『재일본 및 재만주 친일문학의 논리』, 역락, 2004.
_____, 『협력과 저항』, 소명출판, 2004.
김정동, 「남아있는 역사, 사라지는 건축물」, 대원사, 2000.

김종호, 「일제강점기 만주 유이민 소설 연구」, 경북대학교 대학원 박사학위 논문, 1995.

노형석, 『한국 근대사의 풍경』, 생각의나무, 2005.

류보선 편, 『구보가 아즉 박태원일 때』, 깊은샘, 2005.

만주학회, 『만주, 통합과 저항 그리고 일상』, 육군사관학교, 2003.

민병수 · 조동일 · 이재선, 『개화기의우국문학-한국문학과민족의식(Ⅱ)』, 신구문화사, 1979.

민족문학사연구소, 『북한의 우리문학사 인식』, 창작과비평사, 1991.

박은숙, 「안수길 소설연구-만주체험소설을 중심으로」, 성균관대학교 대학원 박사학위 논문, 2002.

서울 사회과학연구소 편, 『근대성의 경계를 찾아서』, 새길, 2002.

손정목, 『일제강점기 도시 사회상 연구』, 일지사, 1996.

신주백, 『만주지역 한인의 민족운동사(1920~1945)』, 아세아문화사, 1999.

연구공간 수유+너머 동아시아세미나팀 역, 『일본의 근대풍경』, 그린비, 2004.

엽건곤, 『양계초와 구한말 문학』, 법전출판사, 1980,

오양호, 『한국문학과 간도』, 문예출판사, 1988.

_____, 『일제강점기 만주 조선인 문학 연구』, 문예출판사, 1996.

우림걸, 『한국 개화기 문학과 양계초』, 도서출판 박이정, 2002.

이문규, 『허균 문학의 실상과 전망』, 새문사, 2005.

이상경, 「간도체험의 정신사」, 『작가연구 2』, 새미, 1996.

_____, 『강경애-문학에서의 성과 계급』, 건국대학출판부, 1997.

이상옥, 『이효석의 삶과 문학』, 집문당, 2004.

이재선, 『한국개화기소설연구』, 일조각, 1981.

이중연, 『'황국신민'의 시대』, 혜안, 2003.

임종국, 『친일문학론』, 평화, 1963.

장사선, 『남북한 문학평론 비교 연구』, 도서출판 월인, 2005.

전봉관, 『황금광시대』, 살림, 2005.

현대소설의 공간

장춘식, 『해방 전 조선족이민소설연구』, 북경 민족출판사, 2004.

전신재 편, 『김유정문학의 전통성과 근대성』, 한림대학교 아시아문화연구소, 1997.

조광제, 『주름진 작은 몸들로 된 몸』, 철학과 현실사, 2003.

차종천·유홍준·이정한, 『서울시 계층별 주거지역 분포의 역사적 변천』, 백산서당, 2004.

채 훈, 『일제강점기 재만 한국문학연구』, 깊은샘, 1990.

철학아카데미, 『공간과 도시의 의미들』, 소명출판, 2004.

최경호, 『실향시대의 민족문학』, 형설출판사, 1994.

최동호, 『남북한문학사』, 나남, 1995

최병두, 『근대적 공간의 한계』, 삼인, 2002.

최원식, 『한국계몽주의문학사론』, 소명출판사, 2002

태혜숙 편, 『한국의 식민지 근대와 여성공간』, 여이연, 2004.

토지문화재단, 『한국문학사 어떻게 쓸 것인가』, 한길사, 2001.

한국공간환경학회, 『공간의 정치경제학-현대 도시 및 지역 연구』, 아카넷, 2000.

한상진, 『도시와 공동체』, 한울아카데미, 1999.

한석정, 『만주국 건국의 재해석』, 동아대학교 출판부, 1999.

한수영, 『친일문학의 재인식-1937~1945년간의 한국소설과 식민주의』, 소명출판, 2005.

그램 질로크, 『발터 벤야민과 메트로폴리스』 노명우 역, 효형출판, 2005.

다이애너 기틴스, 『가족은 없다』 인호용 외 역, 일신사. 1998.

발터 벤야민, 『발터 벤야민의 문예이론』 반성완 역, 민음사, 1983.

우에노 치즈코, 『가부장제와 자본주의』 이승희 역, 녹두, 1994.

이-푸 투안, 『공간과 장소』, 구동회·심승희 역, 개정판, 도서출판 대윤, 2005.

클라우디아 폰 벨로프 외, 『여성, 최후의 식민지』, 강정숙 외 역, 한마당, 1987.
마이크 새비지 · 알랜 와드, 『자본주의 도시와 근대성』, 김왕배 · 박세훈 역. 한
　　울, 2002.

3. 논문

계　곤, 「한국개화기 소설에 미친 만청소설의 영향 : 양계초와 신채호의 문학
　　관을 중심으로」, 『경남어문논집』 9 · 10집, 1998.
김경수, 「강경애 장편소설 재론-페미니스트적 독해에 대한 하나의 문제제
　　기」 『아시아여성연구』 46권 1호, 숙명여자대학교 아시아여성연구소,
　　2007.
김경일, 「전시기 일본의 대동아공영권 구상과 체제」, 『일본역사연구』 10집,
　　2004.
김기호, 「남촌 : 일제 강점기 도시계획과 도시구조의 변화」, 『서울학연구총서』
　　14, 서울시립대학교 서울학연구소, 2003.
김명민, 「동아시아의 근대화와 중국의 한국형상 : 양계초의 〈조선애사 오율24
　　수〉를 중심으로」, 『숭실 어문』 21호, 2005.
김민정, 「강경애 문학에 나타난 지배담론의 영향과 여성적 정체성의 형성에
　　관한 연구」, 『어문학』 85집, 2004.
김병민, 「양계초와 그의 「조선애사」 5율24수」, 『민족문학사연구』 16집, 민족문
　　학사연구소, 2000.
김양선, 「강경애의 후기 소설과 체험의 윤리학」, 『여성문학연구』 제11호, 2004.
김영문, 「장지연의 양계초 수용에 관한 연구」, 『중국문학』 42, 한국중국어문학
　　회, 2004.
김영민, 「〈역사전기소설〉의 형성과 전개」, 『동양학 학술회의 논문집』, 2002.
김영택 · 최동순, 「김유정 소설의 근대적 특성」, 『Comparative Korean Studies』,
　　Vol.16, No.2, 국제비교한국학회, 2008.

김주현, 「『천희당시화』의 성격과 위상」 『어문학』 91권, 2006.

김태관, 「양계초의 소설계혁명 이론의 전개과정1~2」, 『동의논집』 제39집~40
집 동의대학교, 2003~2004.

김학주, 「양계초의 문학사상」, 『전환기의 동아시아문학』, 창작과비평사, 1985.

다지리 히로유끼, 「애국계몽기에 양계초를 매개로하여 유입된 사회진화론과
이인직 : 「月中兎」 기타를 중심으로」, 「어문연구」 31권 1호, 한국어문
교육연구회, 2003.

목수련, 「'남촌'문화 : 식민지 문화의 흔적」, 『서울학연구총서』 14, 2003.

박경실, 「양계초 산문에 나타난 현실의식」, 『중국어문논역총간』 제23집, 중국
어문논역학회, 2008.

배경한, 「손문의 '대아시아주의'와 한국」, 『부산사학』 30집, 1996.

백광준, 「19세기 말 중국 담론의 수사와 번역 : 『시문보』 『청의보』 『동방잡지』
『민보』를 중심으로」, 『중국중문학』 제41집, 2007.

백영서, 「양계초의 근대성 인식과 동아시아」, 『아시아문화』 14호, 한림대아시
아문화연구소, 1999.

백지운, 「한중일근대소설과 문학이념의 문제 : 坪內逍遙, 양계초, 신채호 소설
론을 중심으로」, 『중국현대문학』 16집, 중국현대문학회, 1999.

사노마사토, 「이상의 동경 체험 고찰」, 『한국현대문학연구』 7, 1999.

서동수, 「남북문학사 통합 서술의 전망」, 『겨레어문학』 28집, 2002.

송근휘, 「『월남망국사』의 번역과정에 나타난 제문제」, 『어문연구』 34권 4호,
2006.

송성준, 「『이태리건국삼걸전』의 동아시아 수용양상과 그 성격」, 성균관대학교
석사학위 논문, 2007.

송현호, 「애국계몽기 소설 장르의 형성과 양계초의 역할」, 『인문논총』 6, 아주
대 인문과학연구소, 1995.

_____, 「신채호와 양계초의 '소설개혁론' 비교 연구」, 『한중인문학연구』 9집,
2002.

신승하, 「구한말 애국계몽운동시기 양계초 문장의 전입과 그 영향」, 『아세아연
　　　구』 100호. 고려대학교 아시아문제연구소. 1998

양귀숙·송진한·이등연, 「양계초의 시문에 나타난 조선문제인식」, 『중국인
　　　문과학』 제26호, 중국인문학회, 2003.

양옥희, 「서울의 인구 및 거주지 변화 : 1394~1945」, 이화여자대학교 대학원
　　　박사학위 논문.

오순방, 「비소설가의 소설개혁운동 : 양계초와 임서를 중심으로」, 『중국어문
　　　논역총간』 제12집, 2004.

오현숙, 「박태원의 동화 장르 선택과 내부텍스트성(intratextuality) 연구」, 『구보
　　　박태원 탄생 100주년 기념학술대회 2』 2009.

왕국덕, 「양계초 소설미학사상의 내재적인 모순」, 『동아인문학』 3권, 2003.

　　　, 「양계초 정치소설 초탐」, 『중국인문과학』 제27호, 중국인문학회, 2003.

우림걸, 「개화기 문체에 끼친 양계초의 영향」, 『중한인문과학연구』 5집, 2001.

　　　, 「개화기의 시문에 나타난 한국관」, 『중한인문과학연구』 4집, 2001.

　　　, 「양계초 역사전기소설의 한국적 수용」, 『중한인문과학연구』 6집, 중한
　　　인문과학연구, 2001.

　　　, 「20세기 초 양계초 애국계몽사상의 한국적 수용 : 애국사상과 신민사
　　　상을 중심으로」, 『중한인문화학연구』 제8집, 중한인문과학연구회,
　　　2002.

유문선, 「최근 북한근대문학사 인식의 변화-『현대조선문학선집』(1987~)의
　　　'1920~1930년대 시선'을 중심으로」, 『민족문학사연구』 35호 2007.12.

유승희, 「근대 경성 내 유곽지대의 형성과 동부지역 도시화-1904~1945년을
　　　중심으로」, 『역사와 경계』 82호, 2012.

유인순, 「김유정과 아리랑」, 『비교문학』 20권 20호, 한국비교문학회, 2012,

이경훈, 「박태원의 소설에 대한 몇 가지 주석」, 『제9회 구보학회 정기 학술대
　　　회 발표집』, 2009.

이문규, 「허균·박태원·정비석의 〈홍길동전〉의 비교 연구」, 『국어교육』 128

집, 2009.

이상우, 「양계초의 계몽예술론」, 『미학』 제32집, 한국미학회, 2002.

이수정, 「현대소설의 도시 이미지 양상」, 『한국문학이론과 비평』 34, 2009.

이은해, 「신채호와 양계초의 소설개혁론 비교연구」, 『한중인문학연구』 9집, 한
중인문학회, 2002.

이종미, 「『월남망국사』와 국내 번역본 비교연구—현채본과 주시경본을 중심으
로」, 『중국인문과학』 34집, 2006.

이종민, 「양계초의 시론 : 시의 힘과 시의 세계 사이」, 『중국어문학지』 4집, 중
국어문학회, 1997

장규식, 「일제하 종로의 문화공간」, 『서울학연구총서』 13, 서울시립대학교
서울학연구소, 2001.

장성규, 「1930년대 후반기 소설 장르 인식 연구」, 서울대학교 대학원 박사학위
논문, 2012.

정덕준, 「안수길 소설 연구」, 『한국문예비평연구』 15집, 2004.

정선태, 「근대계몽기의 번역론과 번역의 사상」, 『배달말』 33집, 2003.

정승철, 「순국문 이태리건국삼걸전(1908)에 대하여」, 『어문연구』 43권 4호, 한
국어문교육연구회, 2006.

정우용, 「근대 종로의 상가와 상인」, 『서울학연구총서』 13, 서울시립대학교
서울 학연구소, 2001.

정환국 「근대 계몽기 역사전기물 번역에 대하여 : 『월남망국사』와 『이태리건
국삼걸전』의 경우」, 『대동문화연구』 48집, 성균관대학교 동아시아 학
술원, 2004.

정환국, 「근대계몽기 역사전기물 번역에 대하여」, 『근대전환기 언어질서의 변
동과 근대적 매체 등장의 상관성2』. 대동문화연구소논문집, 2004.

조진기, 「만주이주민의 현실왜곡과 체제순응—현경준의 「마음의 금선」에 대하
여」, 『현대소설연구』 17호, 2003.

차광수, 「현경준 연구」, 한림대학교 대학원 박사학위 논문, 2005.

최박광, 「『월남망국사』와 동아시아 지식인들」 『인문과학』 36권, 성균관대인문 과학연구소.2002

최옥산, 「'신국민' 만들기와 문학 : 신채호와 양계초의 국민성 탐구」, 『한국학 연구』 13집, 인하대학교 인문과학연구소, 2004.

최원식, 「아시아의 연대–『월남망국사』 소고」 『한국문학의 현단계』, 창작과비 평사, 1983.

최은영, 「이효석 서정소설의 특질과 그 문체 연구」, 『현대문학이론연구』 38권, 현대문학이론학회, 2009,

최형욱, 「양계초의 소설계 혁명이 구한말 소설계에 미친 영향」, 『중국어문학논 집』 제20호, 2002.

표언복, 「양계초와 대한제국기 애국계몽문학」, 『어문연구』 제44권, 어문연구 학회, 2004.

한상무, 「고상한 여성상 타락한 여성상」, 『김유정과 동시대 문학연구』, 소명출 판사, 2013.

허강인, 「양계초적실용주의문학연구 : 以三界革命爲中心」, 『중국어문학논집』 제38호, 중국어문학연구회, 2006.

홍기돈, 「김유정의 '홍길동전'–홍길동전 다시–쓰기에 나타나는 유정의 무의 식과 작가의식」, 『근대서지』 제5호(2012), 근대서지학회, 소명출판사, 2012.

// 작품, 자료 //

인명